齐鲁文化
研究文库

孟子学案

郎擎霄 著

齐鲁文化研究文库

学术委员会主任：陈　来
　　　　副主任：王志民
委　员（按姓氏音序排列）：
　　　　程奇立　杜泽逊　方　铭　李存山
　　　　孙家洲　田汉云　王钧林　王震中
　　　　王中江　王洲明　杨朝明　杨庆存
　　　　郑杰文

主　编：王志民
副主编：王洲明　王钧林　张　磊

出版说明

《齐鲁文化研究文库》从文化与学术两方面,精选了二十世纪以来历代学人对于齐鲁文化的研究成果,重印出版。"文库"所收之书,均为当时最能代表齐鲁文化研究水平的著作:或为一领域之集成之作,或其学说能成一家之言;或其在当时条件下于文化、学术方面有所创新、突破,而在今日看来亦能有益学林者,概均以其能反映当时文化与学术之面貌为准则。

民国时代,处中西文化、学术相碰撞与交融之时代,也是中国学术转型之滥觞;民国学人,学为通学,兼及中、西,为文渐脱清代考据之风,而汪洋恣肆、信手拈来。文意顺畅、思想通达,但以今日标准观之,于编校处问题亦多,为保其原貌,便于研读,在编辑整理中拟遵循以下之准则。

一、所收之书,原版均为繁体竖排,此次出版均改为简体横排。

二、文字繁转简及标点符号使用,均按现代汉语使用规范处理。

三、为充分尊重原著,书中原有之人名、地名、书名等,凡不影响阅读之处,对原文一仍其旧,不作改动。

四、原著中所引之文献,多有不注出处或省略更改者,但为保其原貌,倘不失原意,均以原版文献呈现,不以今本或其他底本为据修改。如确需校改者,则以"编者注"形式说明。

五、凡属原著排印错误,或系作者笔误,均做修改,但不出校记。

六、原书因书页残缺、字迹模糊等原因而不可识者,所缺字数用"□"表示;字数难以确定者,则用"(下缺)"表示。

我们虽竭力而为,但疏漏谬误,在所难免,望方家不吝指正。

目录

第一章 孟子传略 / 1
    第一节 孟子之姓氏 / 1
    第二节 孟子之籍贯 / 2
    第三节 孟子之家庭 / 4
    第四节 孟子之教育 / 5
    第五节 孟子之生卒 / 7
    第六节 孟子之游历 / 10

第二章 《孟子》书考证 / 13
    第一节 《孟子》七篇 / 13
    第二节 《孟子外书》/ 16

第三章 孟子时代之背景 / 17
    第一节 诸侯攻伐 / 17
    第二节 暴政横行 / 19
    第三节 异端并作 / 20
    第四节 社会情况 / 22

第四章 孟子之中心学说——人性论 / 23

- 第一节　人性论之发凡 / 23
- 第二节　孟子之性善论 / 26
- 第三节　荀子之性恶论 / 42
- 第四节　孟荀性论之异同 / 49
- 第五节　孟子性善论之真价 / 53

第五章　政治哲学 / 57

- 第一节　孟子政治哲学之出发点 / 57
- 第二节　民权主义 / 59
- 第三节　非功利主义 / 72
- 第四节　唯心主义 / 77
- 第五节　统一主义 / 81
- 第六节　施行仁政之方式 / 83
- 第七节　非战主义 / 89

第六章　人生哲学 / 93

- 第一节　孟子人生哲学之根据 / 93
- 第二节　孟子人生哲学之原则 / 94
- 第三节　孟子行为哲学 / 97

第七章　经济哲学 / 109

- 第一节　制产之必要 / 109
- 第二节　井田制度 / 112
- 第三节　世禄制度 / 123
- 第四节　价值论 / 124

第五节　职业分工问题 / 125

第六节　自由贸易主义 / 127

第七节　移民政策 / 128

第八章　重农主义 / 129

第一节　重农原理 / 129

第二节　重农方法 / 133

第三节　农业政治 / 134

第四节　提倡农业之功效 / 137

第九章　教育哲学 / 143

第一节　孟子以前之教育思潮 / 143

第二节　孟子教育哲学之发生 / 150

第三节　孟子教育哲学之原则 / 153

第四节　孟子之教学法 / 159

第十章　尚论古人 / 167

第一节　尧舜 / 168

第二节　禹汤 / 174

第三节　文王 / 176

第四节　伯夷、伊尹、柳下惠 / 178

第十一章　诸家学说之批评 / 181

第一节　杨墨 / 182

第二节　告子 / 184

第三节　兵家 / 187

第四节　纵横家／190

第五节　农家／191

第六节　陈仲子／193

附录一／195

孟子年表／195

附录二／199

用书举要／199

第一章 孟子传略

第一节 孟子之姓氏

孟子,邹人也,名轲,人称之曰"孟子"。

《史记列传》:"孟轲,邹人也。受业子思之门人。道既通,游事齐宣王,宣王不能用。适梁,梁惠王不果所言,则见以为迂远而阔于事情。当是之时,秦用商鞅,楚、魏用吴起,齐用孙子、田忌,天下方务于合纵连横,以攻伐为贤,而孟轲乃述唐虞三代之德。是以所如者不合,退而与万章之徒,序《诗》《书》,述仲尼之意,作《孟子》七篇。"

鲁公族孟孙之后。

按赵岐曰:"孟子,鲁公族孟孙之后。"

其字并未闻。

王应麟《困学纪闻》云:"孟子字未闻。"《汉书》注云:"字子车。"《孔丛子·杂训》篇云:"子车。"注:"一作子居。居贫坎轲,故名轲,字子居。亦称子舆。"今观《史记》则未尝有,疑皆附会。

第二节 孟子之籍贯

《史记·孟荀列传》云:"孟轲,邹人也。"斯言为后世所公认,然因后人解释此"邹"字之不同,故有所争议。有谓孟子为鲁国人者,据赵岐云:

孟子本鲁公族,后徙于邹,遂为邹人。其葬母于鲁者,盖孟孙世为鲁卿,则祖墓当在鲁。太公孙五世反葬于周,孟子亦犹行古之道也。(《孟子题辞解》)

此不过谓孟子为鲁之后,未尝认定为鲁人也。而否认孟子为鲁人者,亦有其人,惟阎若璩主张最为有力,其说亦甚精确。彼云:

又按《史记·孟子列传》："孟子邹人也。"邹为今山东兖州府邹县。张尔公《大全辨》载一说曰："孟子所生之邹，非战国穆公之邹国，乃春秋孔子之邹邑也。故《说文》云：邹，孔子之乡。《索隐》云：邹，鲁地名。又云：本邾人，徙邹故，其证也。"又曰："《史记》称孟子邹人，犹称子路卞人也之类。"又引自齐葬于鲁，为鲁人之证，余请一言以折之曰："吾之不遇鲁侯。"岂有欲国之臣民，而敢斥言其国与爵哉，儿子咏方十岁，前对曰："只云近圣人之居，未云生圣人之乡。"殆又一切证云。(《孟子生卒年月考》)

又孟经国所言，足为本论之根据，如云：

邹鲁密迩，《左传》鲁击柝闻于邹是也。故孟子方有距圣人所居甚近之语。又云："交得见于邹君，可以假馆，愿留而受业于门。"如谓邹郡鲁邑，则只有鲁君，而邹君何为者？(《闲道集》)

由此观之，孟子或系孟孙氏之后，生于邹国，似属可信。近人有谓："一、《庄子》上说：'……邹鲁之士，缙绅之士……'邹、鲁相提并论，并且放邹字在鲁字之前，可知邹、鲁必是两国名，邹绝不是鲁之下邑。二、邹、鲁既不是国和下邑之关系，那《孟子》本书上，又明明载着邹与鲁哄，穆公在孟子跟前问计，是可推出孟子生的邹地，就是穆公的邹国了。"所论亦甚近理。

第三节　孟子之家庭

孟母最有名，三迁断机故事，几妇孺皆知。

《列女传·母仪》篇云："邹孟轲之母也，号孟母。其舍近墓，孟子之少也，嬉游为墓间之事，踊跃筑埋。孟母曰：'此非吾所以居处子。'乃去舍市旁，其嬉戏为贾人衒卖之事。孟母又曰：'此非吾所以居处子也。'复徙舍学宫之旁，其嬉游乃设俎豆揖让进退。孟母曰：'真可以居吾子矣。'遂居。及孟子长，学六艺，卒成大儒之名。君子谓孟母善以渐化，此三迁之事也。"

赵岐《孟子题辞》称其夙丧父。陈镐《阙里志》、薛应旂《四书人物考》遂谓孟子三岁丧父。周广业辨之曰：

赵氏《题辞》云："孟子生有淑质，夙丧其父，幼被慈母三迁之教。"及注后丧逾前丧云："孟子前丧父约，后丧母奢，前后虽无定时；然以士大夫三鼎五鼎之言推之，相隔必不甚久远。"《礼》曰：丧从死者，祭从生者。祭以三鼎，则丧父在为士之后甚明。其时年盖四十余矣。《题辞》所谓夙丧者,亦以父先母殁耳,非必幼孤也。

王复礼又曰:

> 若前丧在三岁,则丰菆非所自主,仓安得瘗之。盖孟父实未尝卒,其三迁断机,或者父出游,慈母代严父耳。

由周广业、王复礼之言,则孟子三岁丧父之事,颇疑其非实而孟父在,家庭教育之责任乃委之其母,则父出游之臆测,亦为或然之事实。相传孟父激公宜,孟母仉氏。《续文献通考》乃谓孟子娶田氏,生子睪。皆未知所据。

第四节 孟子之教育

孟子少受母教,长受孔家之纯儒术化。孟子行为哲学中之自反说,为其处世最和平之方法。《韩诗外传》载孟子出妻事:

> 孟子妻独居,踞。孟子入户,视之。白其母曰:"妇无礼,请去之。"母曰:"何也?"曰:"踞。"母曰:"何以见之?"曰:"我亲见之。"母曰:"汝乃无礼也!非妇无礼,礼不云乎?将入门,问孰存。将上堂,声必扬。将入户,视必下,不掩

人不备也。今汝往燕私之处，入户不有声，令人踑而视之，是汝之无礼，非妇无礼也。"于是孟子自责不敢去妇。

可见孟母之粹于道德，而孟子异日在行为哲学中所持之自反说，有由来矣。

孟子在战国时为纯正儒家。孟子自言："乃所愿则学孔子也。"又曰："予未得为孔子徒也，予私淑诸人也。"盖不啻开明宣言予为儒教徒也。惟孟子究受业于何人，尚待考证。有谓受业子思者：

赵岐《题辞》曰："长师孔子之孙子思，治儒术之道，通五经，尤长于《诗》《书》。"《孔丛子》等书亦有是说。

毛奇龄《四书賸言》曰："王草堂谓《史记世家》子思年六十二，孔子卒在周敬王四十一年，伯鱼先孔子卒已三年。向使子思生于伯鱼所卒之年，亦止当在威烈王三四年之间，乃孟子实生于烈王四年，其距子思卒时已相去五十年之久。又谓鲁缪公曾尊礼子思，然缪公即位在威烈王十九年，则《史记》所云子思年六十二者或八十二之误，若孟子则断不能亲受业也。"

王草堂以孔、子思、孟子之生卒年岁考之，孟子断不能受业子思。即谓子思年六十二者系八十二之误，则孟子亦在童子之时,未能受业子思。

有谓受业子思之门人者:

> 《史记列传》云:"受业子思之门人。"《索隐》云:"王劭以人为衍字,则以轲亲受业孔伋之门也,今言门人者乃受业于子思之弟子也。"

是说较为可信。至云子思之门人为谁?则亦无从稽考。然孔门传授分二支派:一为曾子,曾子传之子思,子思传之孟子;一为子夏,子夏传之馯臂子弓,馯臂子弓数传而至荀子。曾子资性刚毅,所谓君子儒也。子夏资性敏慧,有近名之习,所谓小人儒也。观孟子严严气象,屡称曾子子思之刚毅,其进退出处大都相类,则固其嫡系也。

善乎韩昌黎之言曰:"孔子之道,大而能博,门弟子不能偏亲而尽识也,故学焉而得其性之所近。其后离散,分处诸侯之国,又各以其所能授弟子,源远而末益分。惟孟轲师子思,而子思之学,出于曾子,自孔子没,独孟轲氏之传得其宗,故求观圣人之道者,必自孟子始。"斯言信不诬也。

第五节 孟子之生卒

孟子生卒,尚无确证,说者纷歧,自不一致,有谓八十四者（《孟子谱》），有谓七十四者（《礼乐录》），有谓九十七者（据甘驭麟说），有谓九十四者（据陈士元说）。然据《孟子谱》之岁数为可靠，学者多依此推定其生卒年岁。其卒之年，不但《孟子谱》推定于周赧王二十六年，即甘驭麟亦云，卒于赧王壬申（二十六年），孟经国之《孟子传略》从《孟子谱》，并注云：

> 君薨然后称谥，鲁平公卒于十八年甲子，梁襄王卒于十九年乙丑，孟子犹及见之，则《谱》称寿八十四之说是也。

至其生年，说者纷纷，据近人陈顾远所考，分为四派：

一、《阙里志》说："孟子生在安王十七年。"潘彦登《孟子生日考》云："疑是安王十七年，《谱》（《孟子谱》）讹安为定，讹王为三。"周广业《孟子四考》从之，甘驭麟亦谓孟子生在安王丙申（十七年）。彼辈主张之理由，有谓是《谱》讹。但安王十七年是丙申，《谱》称为己酉，不可解。有谓孟子卒在赧王十三年或十四年，与八十四之数相差不远，但《孟子》书本是他自己写成大纲的。（胡适之《哲学史大纲》上也说及，若《孟子》是他自己作的，这里头既称鲁平公的谥法，《孟子谱》的话似乎相差不远，我以为《孟子》一书，即准不是孟子亲手完全编成的，其大要纲节，实是孟子写就的。）死在鲁平公以前，何以能知其谥法，有谓死于赧王壬申,寿九十七,此说亦无充分根据。

二、陈上元谓:"孟子当安王时,定字为安字之误。"任启运驳云:"愚按安王有己亥无己酉,若谓生于安王之己亥,则孟子寿当九十四矣,亦与《谱》不合。"这是将《孟子谱》证陈说的错。《孟子谱》可靠与否,难说,钧台所语之根据,亦未能十分充足。

三、元张颢《孟母墓碑记》云:"据《邹公庙碑》云:孟子后孔子三十四年,时周定王三十七年。"此说为陈凤石等驳倒。至于《孟子谱》云,孟子寿八十四年,生于己酉年,都言己酉是定王三十一年,不免自相矛盾。

四、陈凤石云:"孟子生卒,《史记》不载。据《孟子谱》称卒于周赧王二十六年壬申,寿八十四岁。《留青日札》《听雨纪谈》与《孟子谱》并同。独其所生之年,《孟子谱》谓在周定王三十一年,《日札》《纪谈》又作定王三十七年,陈士元谓在安王,瞿九思谓定王崩后三十余年,孟子乃生,诸说不同。惟《三迁志》云:当在烈王四年己酉。盖自赧王二十六年遥溯烈王四年,孟子年适八十四,况此年距孔子生一百八十年,距孔子卒一百零八年,与孟子自言由孔子而来百有余岁亦合。"(《闲道集》)任启运对定王三十七年说,亦驳云:"《孟子谱》云……定王三十七年己酉四月二日孟子生。按《竹书》周定王止二十八年,一误也。定王有己亥,无己酉,二误也。谓生于定王之己亥,则孟子寿当一百五十四,

尤必无之事也。"(《四书约旨》)

最后一说，比上各家，似乎可靠。然己酉两字之根据，却是由《孟子谱》来的，此说对于《孟子谱》固有功效，对于孟子之生年之推定，仍无多大之贡献。因《孟子谱》自身是否实录，无人敢断，又焉能将其作为考据之目标。不过将陈凤石所云之"孟子自言由孔子而来百有余岁"之语，与孟子死之年，并下文游梁之年，合推之，孟子之生卒虽不敢依《三迁志》云在烈王四年，然亦相差不上五六年耳。

第六节　孟子之游历

周室日衰，王纲弗振，诸侯互相并吞，尚权谋，故自命为智者，均去游说诸侯，以取卿大夫之位，苏秦张仪之徒为尤著者。而孟子甘于淡泊，守道乐贫，更周游而救世。所述尧舜之道，所言仁义之理，所发民贵之义，当时各国君民多有受其感化者，而道终不能行，良可惜也。兹将孟子历游齐、梁、宋、滕诸国，略为考定：

孟子游梁之时，当在惠王后元十五年。

《史记·魏世家》云："惠王三十五年，卑礼厚币，以招贤者，而孟轲至梁。"林春溥云："《魏世家》称惠王三十七年孟子至梁,今以《七篇》证之,殊误。孟子时年三十七,而惠王称之曰叟,不合一也。惠王未称王,而孟子称之曰王,不合二也。时梁未南辱于楚,即丧地亦未至七百里之多,不合三也。"按《竹书纪年》:"惠成王三十六年改元称一年,自是又十七年乃薨。"据此则襄王九年献上郡十五县以谢秦者,实惠王之后元八年,所谓丧地七百里是也。襄王十四年楚破魏襄陵,得八邑,实惠王之后元十三年,所谓南辱于楚是也。其明年秦复伐魏,取曲沃平周,而新论载攻,梁惠王谓孟轲曰:"先生不远千里,幸辱敝邑,今秦攻梁,先生何以御乎?"则孟子至梁,当在是年。时公孙衍、张仪俱在魏,二人互相倾轧,故有对景大夫语,亦一证也。又二年,惠王卒,襄王立,而孟子去梁,此其确然可证者也。史公未考惠王有改元之事,故不得不系孟子至梁于三十五年,致种种不合。《通鉴》既从《竹书》以正其失,而仍从史至魏之年,直至襄王即位,载孟子见梁襄王说,竟似孟子在梁十八年之久,则犹未免袭误耳。(《闲道集·年表注》)

陈凤石云:"孟子至梁,当在是年(后元十五年),以此时孟子年已五十二矣。故王称孟子曰叟。赵注,叟,长老之称,犹父也。若以三十三年乙酉计之,孟子年仅三十七,惠王年长以倍,而父之乎?"

至孟子游历之程序,有清一代学者有所考证。阎若璩云:

"盖生为邹人，晚始游梁，继仕齐，为卿久之，归邹，又入宋，以乐正子故，至鲁，终至鲁……"（《孟子生卒年月考》）又任启运云："显王……四十六年戊戌，齐封其弟婴于薛，十月齐城薛。……此所谓齐人将筑薛者也。据此而推，则孟子少居邹，有邹与鲁哄，孟子对穆公语。自邹如宋，有滕文公见孟子道性善说。自宋归邹，有滕文公使然友来问丧语。文公礼聘孟子，孟子之滕，有论井地及辟许行并耕语。慎靓王二年，孟子在梁反于邹（按此有误）。……齐置稷下馆，广招贤者，孟子至齐，见王于崇，退至于平陆。……王命孟子为宾师，馆于雪宫。孟子母卒，归葬于鲁，反至于嬴。……慎靓王六年孟子去齐居休（反邹疑在此际）。……休地属颍川，当在宋境，或闻其将行王政，故往观之，见其行暴，故去之，由薛反鲁也。有答万章、陈臻说。"（《孟子考略》）

第二章 《孟子》书考证

第一节 《孟子》七篇

古人之书,每有后人改窜附益,加以兵燹虫鱼,残损尤多,故读周秦以前之书,非经校勘,几弗能读,六艺百家皆然,而《孟子》何能独异?《孟子》七篇,又《外书》四篇。(今取传本为外书今已佚;有谓伪书,详见下节。)有谓孟子自作者,有谓孟子与弟子共作者,有谓弟子所记经孟子删改成者,有谓门弟子作者。说者纷纭,人各异义。惟是书则分为七篇:

一、《梁惠王》

二、《公孙丑》

三、《滕文公》

四、《离娄》

五、《万章》

六、《告子》

七、《尽心》

计二百六十一章，三万四千六百八十五字。（赵岐《孟子题辞》）（据焦循《孟子正义》云：音义标《梁惠王》上七章，下十六章；《公孙丑》上九章，下十四章；《滕文公》上五章，下十章；《离娄》上二十八章，下三十二章；《万章》上九章，下七章；《告子》上二十章，下十六章；《尽心》上四十七章，下三十九章。共为二百五十九章，校此《题辞》所云少三章。……实有三万五千四百一十字，较赵说多七百二十五字。详考赵注《孟子》文与今本不差，盖误算也。）包罗天地，揆叙万类，仁义道德，性命祸福，粲然靡所不载。帝王公侯遵之，则可以致隆平、颂清庙；卿士大夫蹈之，则可以尊君父、立忠信；守志厉操者仪之，则可以崇高节、抗浮云。有风人之托物，二雅之正言。可谓直而不倨、曲而不屈，命世亚圣之大才者也。（《题辞》）赵岐之赞，孟子足能当之。

至于七篇之作者，根据历代学者之所论，特列举如下，并加以证实。

一、言孟子自作者 朱熹曰："观七篇笔势如镕铸而成，非缀缉可就。"（《朱子全书》）阎若璩云："七篇为孟子自作。……论说成于门人之手，故记圣人容貌甚悉。七篇成于己手，故但记言语或出处耳。"(《孟子生卒年月考》）金履祥引王文宪曰："孟子与齐宣王问答首章，开合变化，精神超越，而元气不动，非门人所得传，此是传不得处。"(《孟子集注》）郝敬云："《论语》章法简短，故是后人记录。《孟子》文章长展，非他手可代，正是孟子手笔。"

二、言孟子与弟子作者　　司马迁《史记列传》云："孟子乃述唐虞三代之德，是以所如者不合。退而与万章之徒，序《诗》《书》，述仲尼之意，作《孟子》七篇。"《风俗通义·穷通》上云："又绝粮于邹薛，困殆甚，退与万章之徒，作书中外十一篇。"赵岐《孟子题辞》云："孟姓也。子者，男子之通称也。此书孟子之所作也，故总谓之《孟子》。"

三、言弟子所记经孟子删改成者　　董叔重曾问朱子云：《孟子》之书，赵岐谓其徒所记，今观"七篇"文字，笔势如此，决是一手所成，非"鲁论"比也。然其间有"孟子道性善，言必称尧舜"，亦恐是其徒所记，孟子必曾略加删定也。

四、言门弟子作者　　韩愈云："轲之书，非轲自著。既没，其徒万章、公孙丑相与记轲之言耳。"(《昌黎文集》）姚信亦云："孟子之书将门人所记，非自作也，故其志行多见，非惟教辞而已。"(《士纬》）林慎思云："弟子共记其言，不能异轲意。"(《续孟子》）

总之：《孟子》一书，固由孟子自作，但以后门人因推重师长，不忍其言语，徒此散亡，故将平日所言精确之语，与孟子己所述之经历，辑成一书。又孟子当时所书者，大都重在事实方面，故《梁惠王》《公孙丑》《滕文公》诸章记载颇多，由此可信凡涉于事实者，确为孟子之手笔也。

第二节　《孟子外书》

《孟子外书》四篇（《性善辨》《文说》《孝经》《为政》），非孟子自作，乃后人伪造。《史记列传》只载《孟子》七篇，赵岐《孟子题辞》亦云："孟退而论集所与高第弟子公孙丑、万章之徒，疑难答问，又自撰其法度之言，著书七篇，又有《外书》四篇，《性善辨》《文说》《孝经》《为政》，其文不能宏深，不与内篇似，似非《孟子》本真，后世依仿而托之者也。"《汉书·艺文志》，《孟子》十一篇，并《外书》计之。刘歆《七略》，亦标出外书名目，但刘歆以素作为书著，所言自不能信。况司马迁距孟子时代甚近，且并未述之，而沿至八九十年之久刘歆始道及之，自属非实。又查七篇已入大内，为何独遗四篇于民间？此一疑。七篇文气一致，而此四篇则反是，此二疑。秦焚经书，《孟子》尚列子部，既未遭焚，焉能将一书分为两书？此三疑。

关于《外书》伪造之论证，丁杰之《孟子外书疏证》、翟灏之《四书考异·孟子外书》言之最详，兹不再赘。

第三章 孟子时代之背景

第一节 诸侯攻伐

周行封建，王纲弗振，故内有诸侯争雄，外有异族入寇，干戈弗息，民无宁日。且中央政府无权以治天下，故诸侯互相争霸，由争霸而用兵，由兴兵而需饷；以致横行暴敛，取诸民而不义。故孟子曰：

今之诸侯，取之于民也，犹御也。(《万章下》)

此与老子所云："民之饥，以其上食税之多，是以饥。"又何以异？况孟子之时代后老孔百余年，而春秋时代所有军阀侵略，豪强兼并，罪恶之模型，至战国更加扩充；人民之痛苦，与其生活之不安，较春秋时代为尤甚。孟子曰：

狗彘食人而不知检，涂有饿莩而不知发，人死，则曰："非我也，岁也。"（《梁惠王上》）

庖有肥肉，厩有肥马，民有饥色，野有饿莩，此率兽而食人也。（《梁惠王上》）

争地以战，杀人盈野；争城以战，杀人盈城。此所谓率土地而食人肉，罪不容于死。（《离娄上》）

其痛骂比起马克斯克鲁泡特金诸辈之口调，未见得哪个激烈些。孟子时代之背景，亦可见一斑。当时既以攻伐为贤，诸侯争伐，愈加厉害。梁惠王因好战之故，东败于齐，长子死焉，西丧地于秦七百里，南辱于楚。既受如此惨祸，应须自悔。岂意彼不惟不悔，而首次晤孟子，即问："何以利吾国？"欲使孟子示以富国强兵之法，而孟子痛恨攻伐，故詈其无仁心也。齐宣王亦然，欲开土地，朝秦楚，莅中国，抚四夷。所以孟子谓之曰：欲得此欲望，是诚缘木而求鱼也。滕一小国焉，介乎齐楚两大国之间，竭力以事大国，终无补于害，由是可见强凌弱，众暴寡，甚至强与强争，弱与弱战，此诚当时之景象也。

诸侯之与人战，除武士外，尚重权谋之士，黄金美女，博其欢心。当是时，秦用商鞅，齐用田忌，魏用李悝，所谋不外富国强兵，战胜弱敌，而张仪、苏秦之徒，专游说诸侯，使相攻伐为职志。孟子曰：

今之事君者曰："我能为君辟土地，充府库。"今之所谓良臣，古之所谓民贼也。君不乡道，不志于仁，而求富之，是富桀也。"我能为君约与国，战必克。"今之所谓良臣，古之所谓民贼也。君不乡道，不志于仁，而求为之强战，是辅桀也。由今之道，无变今之俗，虽与之天下，不能一朝居也。(《告子下》)

人民助桀为虐，甘为民贼，当时权诈之风，亦可见一斑耳。

第二节　暴政横行

前节所述孟子时代诸侯攻伐情况，政治昏暗，不问可知。诸侯既以唯利是图为主张，横行暴敛，取之于民（古时收税十分取一，甚轻微者，而此时则收大半之税），然人民不徒尽纳税之责任，尚须有当兵之义务。且法律既不能治权富之人，而反为权富者之护符，是以人民之生命，等于草菅，即人民之财产，亦无所有权焉。孟子曰：

古之为关也，将以御暴。今之为关也，将以为暴。(《尽心下》)

往昔设置关津，为御暴者，而今之设关，非特注重于稽查，且从征税上着眼。其事君者，又助纣为虐，推波助澜，逢君意以顺其恶。孟子曰：

> 长君之恶其罪小，逢君之恶其罪大。今之大夫，皆逢君之恶。(《告子下》)

且也，彼辈夺民脂膏，以供其挥霍。孟子曰：

> 说大人则藐之，勿视其巍巍然。堂高数仞，榱题数尺，我得志，弗为也。食前方丈，侍妾数百人，我得志，弗为也。般乐饮酒，驱骋田猎，后车千乘，我得志，弗为也。在彼者，皆我所不为也。(《尽心下》)

是知臣下如此，君必有甚焉。如凿池筑园之类，难以尽述。民困既不苏，尚虐民以自乐。孔子曰：苛政猛于虎。孟子曰：率兽而食人，此之谓也。

第三节　异端并作

春秋而后，儒分为八，小人儒、贱儒、瞽儒，皆次第出现，只谈儒家之末节，而忘孔道之大体，墨子之非儒，非无因也。故孟子时以圣人不作为叹，隐然思继孔子之志愿，承儒家之道统，东奔西走以说诸侯，此皆思救民于水火之中，做儒家之砥柱者耳。尝曰："当今之世，舍我其谁哉。"亦可见其抱道自重（阎若璩云孟子学孔子），救世之心诚切矣。惜当时其与问调者鲜，且又有杨朱墨翟之徒，大唱"为我""兼爱"之论，恰与其学说相反，故驳之曰：

圣王不作，诸侯放恣，处士横议，杨朱墨翟之言盈天下。天下之言，不归杨，则归墨。杨氏为我，是无君也。墨氏兼爱，是无父也。无父无君，是禽兽也。……杨墨之道不息，孔子之道不著，是邪说诬民，充塞仁义也。仁义充塞，则率兽食人，人将相食，吾为此惧。……能言距杨墨者，圣人之徒也。(《滕文公下》)

可见杨墨之势力当时是异常伟大者，儒家几无对敌之策，所以孟子悍然拒之。其余如许行陈仲子之徒，亦在孟子排斥之列。许行因主张人君应与百姓并耕而食，飧飨而治，便与孟子分工之意不合，故遭孟子反对。陈仲子因不满意于家庭之制度，故亦遭孟子斥骂也。

梁任公有言：杨朱为老子弟子，见于列子，距杨朱即以距老子也。周秦诸子虽多，其宗旨不出老墨两派，当时最名，几与孔子敌者，亦为老墨两派。故距老墨，即所以距诸子也。故曰辞而辟之，廓如也。此孟子传教之功也。(《饮冰室丛书·读

孟子界说》)

第四节　社会情况

国君以攻伐为贤，臣又助虐，暴政横行，强梁兼并，加之以饥荒不免，则人民之困苦颠连也极矣。故孟子曰：

> 民之憔悴于虐政，未有甚于此时者也。(《公孙丑上》)
> 凶年饥岁，君之民，老弱转乎沟壑，壮者散而之四方者，几千人矣。(《梁惠王下》)
> 夺其民时，使不得耕耨以养其父母。父母冻饿，兄弟妻子离散。(《梁惠王上》)
> 今也制民之产，仰不足以事父母，俯不足以畜妻子，乐岁终身苦，凶年不免于死亡。(《梁惠王上》)
> 若杀其父兄，系累其子弟，毁其宗庙，迁其重器，如之何其可也？(《梁惠王上》)
> 世衰道微，邪说暴行有作，臣弑其君者有之，子弑其父者有之。(《滕文公下》)

由是观之，当时社会压迫情状，已了如指掌矣。

第四章 孟子之中心学说——人性论

第一节 人性论之发凡

《汤诰》曰:"惟皇上帝,降衷于下民,若有恒性。"自天而言,则谓之降衷,自人受此衷而言,则谓之性,中土言性,此其嚆矢矣。继是以还,言性之说自《诗·蒸民》至周秦诸子,汉、唐、宋、明、清诸儒,无虑百十,章太炎氏辨其同异,析为五家。

> 儒者言性有五家:无善无不善,是告子也;善是孟子也;恶是荀卿也;善恶混是杨子也;善恶以人异殊上中下,是漆雕开、世硕、公孙、王充也。(《国故论衡·辨性上》)

梁任公氏辨之曰,则有三义。

孔子言性也，有三义。据乱世之民性恶，升平世之民性有善有恶，亦可以为善可以为恶，太平世之民性善。荀子传其据乱世之言，宓子、漆雕子、世子传其升平世之言，孟子传其太平世之言。（《读孟子界说》）

然告子之说，受孟子驳，已难存在。杨子王充二家，亦仅折衷孟荀之论，无甚宏旨。故儒者言性，要推孟荀。

孟荀之言性，既本于孔子，唯孔子于性之为善为恶，未及质言，至孟荀而始分为二。孔子曰：

性相近也，习相远也。惟上知与下愚不移。（《论语》）

孔子亦本于《商书》："惟皇上帝，降衷于下民，若有恒性。"恒即相近之义，相近近于善也，相远远于善也。（顾炎武《日知录》）曲沃卫嵩曰，孔子所谓相近即以性善而言，若性有善有不善，其可谓之相近乎？如尧舜性者也，汤武反之也，若汤武之性不善，安能反之，以至于尧舜邪？汤武可以反之即性之说，汤武之不即为尧舜而必待于反之，即性相近之说也，孔孟之言性一也。（《日知录》）

孔子又曰：

生而知之者，上也；学而知之者，次也；困而学之，又

其次也；困而不学，民斯为下矣。(《论语》)

言普通人，皆可以学而知之也。又曰：

人之生也直，罔之生也幸而免。(《论语》)

即孟子之性善。又读《诗》至"天生蒸民，有物有则，民之秉彝，好是懿德"，则叹为知道，是已有偏于性善说之倾向矣。孔孟论性相同之处颇多，关于此点陈澧言之甚详：

性善之说，与性相近习相远正相发明。心之所同然者何也？谓理也，义也，性善也。圣人先得我心之所同然耳，性相近也。富岁子弟多赖，凶岁子弟多暴，非天之降才尔殊也，其所以陷溺其心者然也，习相远也。所欲有甚于生者，所恶有甚于死者，性善也。非独贤者有是心也，人皆有之，性相近也。贤者能勿丧耳，习相远也。虽存乎人者，岂无仁义之心哉？性善也。平旦之气，其好恶与人相近也者几希，性相近也。梏之反覆则其违禽兽不远矣，习相远也。孔孟之言若合节符也。(《东塾读书记》)

儒家言性，除孔子外，则为子思，其以道德为原于性，曰：

> 天命之为性，率性之为道，修道之为教。（《中庸》）

言人类之性，本于天命，具有道德之法则，循性而行之，是为道德，又曰：

> 诚者，天之道也。诚之者，人之道也（《孟子·离娄》篇也有此语，诚之作思诚）。……自诚明，谓之性。自明诚，谓之教。（《中庸》）
>
> 惟天下至诚，为能尽其性。能尽其性，则能尽人之性。能尽人之性，则能尽物之性。能尽物之性，则可以赞天地之化育。可以赞天地之化育，则可以与天地参矣。（《中庸》）

人的天性本来是诚的，若能依着这天性做去，若能充分发达天性的诚，这便是"教"，这便是"诚之"的功夫。所谓"诚"者即是发达个人的本性，是已有性善说之倾向，为孟子所自出也。

第二节 孟子之性善论

孔子之有教无类，亦含有性善之意，要自孟子而其说始大明，故孟子为性善论之宗也。《滕文公》篇称："孟子道性善。"孟子之主性善也审矣。然孟子之言性善，其主旨仅曰：性可以为善，初不在凡性皆善或必善。公都子之问性善也，述说凡三，曰："性无善无不善。"曰："性可以为善，可以为不善。"曰："有性善有性不善。"皆与性善异。孟子唯答曰：

> 乃若其情（翟灏《孟子考异》引《四书辨疑》云："下文二才字与此情字上下相应，情乃才字之误。"又据胡适按孟子用情字与才字同义，《告子》篇"牛山之木"一章中云："人见其濯濯也，以为未尝有材焉，此岂山之性也哉？"又云："人见其禽兽也，而以为未尝有才焉，此岂人之情也哉。"可以为证），则可以为善矣，乃所谓善也。若夫为不善，非才之罪也。恻隐之心，人皆有之；羞恶之心，人皆有之；恭敬之心，人皆有之；是非之心，人皆有之。恻隐之心，仁也；羞恶之心，义也；恭敬之心，礼也，是非之心，智也。仁义礼智，非由外铄我也，我固有之也，弗思耳矣。故曰：求则得之，舍则失之。或相倍蓰而无算者，不能尽其才者也。（《告子上》）

是则孟子所谓善，乃情之可以为善也；情者性之动，窥人情之所向，有可以为善者在溯流穷源，因以窥性之可以为善，此则孟子性善之说也。

然则何以见其情可以为善乎？孟子曰：如象之性诚恶矣，乃若见舜而忸怩。此便是其情可以为善。《滕文公》篇又曰："盖上世常有不葬其亲者，其亲死，则举而委之于壑。他日过之，狐狸食之，蝇蚋姑嘬之。其颡有泚，睨而不视。"有此之发生，亦便是其情可以为善耳。故孟子性善有三种之解释，如圣人之性是纯全善者，寻常人之性是皆有善者，恶人之性是皆仍有善者。故说性善，即是此理，谓人无不善，亦系此理后儒怀疑孟子者，则不明孟子性善之定义者矣。

孟子言性善为人所具有者，观其言曰：

> 人皆有不忍人之心。……所以谓人皆有不忍人之心者，今人乍见孺子将入于井，皆有怵惕恻隐之心。非所以内交于孺子之父母也，非所以要誉于乡党朋友也，非恶其声而然也。（《公孙丑上》）

此言恻隐之，心人皆有之也。又曰：

> 一箪食，一豆羹，得之则生，弗得则死。呼尔而与之，行道之人弗受；蹴尔而与之，乞人不屑也。（《告子上》）

此言羞恶之心，人皆有之也。又曰：

> 紾兄之臂而夺之食，则得食；不紾，则不得食，则将紾之乎？（《告子下》）

此言辞让之心（此据《公孙丑》，《告子上》作恭敬之心），人皆有之也。又曰：

> 盖上世尝有不葬其亲者。其亲死，则举而委之于壑。他日过之，狐狸食之，蝇蚋姑嘬之。其颡有泚，睨而不视。夫泚也，非为人泚，中心达于面目。盖归反藥梩而掩之。掩之诚是也，则孝子仁人之掩其亲，亦必有道矣。（《滕文公上》）

此言是非之心，人皆有之也。孟子曰："人之所不学而能者，其良能也。所不虑而知者，其良知也。"又曰："人之所以异于禽兽者几希。"意即指此数者。故曰："无恻隐之心，非人也；无羞恶之心，非人也；无辞让之心，非人也；无是非之心，非人也。"夫此四者，虽不过人情之所向，然既表于外，则其内自必有其源，是即所谓性善也。苟性之不善，尚何有恻隐羞恶辞让是非之心乎？

关于此点，缪凤林氏有疑问曰：恻隐羞恶辞让是非之所以合于性善者何耶？曰：以其合于仁义礼智故。观其言曰：

> 恻隐之心，仁之端也；羞恶之心，义之端也；辞让之心，礼之端也；是非之心，智之端也。（《公孙丑上》）

又曰：

> 恻隐之心，仁也；羞恶之心，义也；恭敬之心，礼也；是非之心，智也。（《告子上》）

由前之说，则恻隐羞恶辞让是非之心，为仁义礼智之端，扩而充之，则有不可胜用矣。由后之说，则恻隐羞恶辞让是非之心，即为仁义礼智，保而勿失，则无往而不宜矣。孟子曰："人之有四端也，犹其有四体也。"又曰："仁义礼智，非由外铄我也，我固有之也。"是则无论仁义礼智之端（即四端）与仁义礼智，皆为人所固有。仁义礼智，世所目为善者也，而皆为人性所固有，性之所以为善也。孟子性可以为善之根据大要如是。

第一项　人的本质同是善

上文引孟子一段中的"才"，便是材料的材。孟子叫作"性"的，只是人本来的质料，所以孟子书中"性"字"才"字"情"字可以互相通用。孟子之大旨只是说此天生之本质，含有善的"可能性"。如曰：

> 大人者，不失其赤子之心者也。（《离娄下》）

将此句说得浅近一点，就是配得称为大人的，是因为他未尝丧失他从母胎带来的一个善。性是种真情之流的善性，孟子用两比喻描写出之，第一以孩提的心理为证：

> 孩提之童，无不知爱其亲者。及其长也，无不知敬其兄也。(《尽心上》)

第二以常人心理为证：

> 今人乍见孺子将入于井，皆有怵惕恻隐之心。(《公孙丑上》)

二三岁之孩提知爱其母、敬其兄，普通常人又皆有同情心，在孟子观之，认为性善之绝对铁案，无疑义矣。(关于此点，近人有批评之者云，这两个比方是否可以确切断定性善，又是一个很大的问题。母之爱子，是根于生殖之继续，所以母之视生下的孩提，即如前在腹内的一块肉。她这样强烈爱子之情，实无可出其右者。那二三岁的孩提，得着这一位母亲的抱负乳养，总可认识她几分。那么这种不能自立的孩提，对于这种可依赖的母亲，自然要十二分地爱她。若把这个孩提从生下抱给他乳媪保养，到了二三岁自然是不爱生他的母亲，而爱他的乳媪。知敬其兄，亦由朝夕相处，或受其助给，或受父母之教训，若是自客地归来的兄，他能自知去敬他吗？推究这爱敬的原委，未始非因利己的缘故而发生的。再就常人之同情心而论,究其起首也未始非一个利己心罢了。何以见得呢?盖见人的困害,思即而救之者,其初不过要弃去己心内之悲感,而求己心内之喜悦罢了。岂是起首有利他的心在里面吗?擎霄按如此怀疑,诚不知孟子性善之真义也。)兹再将人的本质所含,是那几项善的可能性,述之如下:

(甲)人同具官能 孟子以为人之秉赋于天,无不具有耳目口鼻,亦莫不举相似也。以此推知人无不有心,而心亦莫不相类。故曰:

> 故凡同类者,举相似也,何独至于人而疑之?圣人与我同类者。故龙子曰:"不知足而为屦,我知其不为蒉也。"屦之相似,天下之足同也。口之于味,有同耆也。易牙先得我口之所耆者也。如使口之于味也,其性与人殊,若犬马之与我不同类也,则天下何耆皆从易牙之于味也?至于味,天下期于易牙,是天下之口相似也。惟耳亦然。至于声,天下期于师旷,是天下之耳相似也。惟目亦然。至于子都,天下莫不知其姣也,不知子都之姣者,无目者也。故曰:口之于味也,有同耆焉。耳之于声也,有同听焉。目之于色也,有同美焉。至于心,独无所同然乎?心之所同然者,何也?谓理也,义也。圣人先得我心之所同然耳。故理义之悦我心,犹刍豢之悦我口。(《告子上》)

心既相似,则圣人之心,亦众人之心。圣人之心悦礼义,则众人之心亦必悦之,彼以此知人性之本善也。

(乙)人同是善端 孟子对于善性为先天的,彼以孩提之心理作研究之资料。故曰:

> 人之所不学而能者,其良能也。所不虑而知者,其良知也。孩提之童,无不知爱其亲者。及其长也,无不知敬其兄也。(《尽心上》)

又曰:

> 非独贤者有是心也,人皆有之,贤者能勿丧耳。(《告子上》)

又曰:

> 大人者,不失其赤子之心者也。(《离娄下》)

孟子以为这种的心,皆系生而固有者。故曰:

> 仁义礼智,非由外铄我也,我固有之也。(《告子上》)

董仲舒曰："性有善端，动之爱父母，善于禽兽，则谓之善。"此孟子之善，此语言孟子之大旨切当，孟子言人性本有种种善端，有触即发，不待教育。如曰：

人皆有不忍人之心。……今人乍见孺子将入于井，皆有怵惕恻隐之心。非所以内交于孺子之父母也，非所以要誉于乡党朋友也，非恶其声而然也。由是观之，无恻隐之心，非人也；无羞恶之心，非人也；无辞让之心，非人也；无是非之心，非人也。恻隐之心，仁之端也；羞恶之心，义之端也；辞让之心，礼之端也；是非之心，智之端也。人之有是四端也，犹其有四体也。（《公孙丑上》）

此我所固有之善性，可显明其为绝对之本性，因不论何时何地，是磅礴充塞于人心内。如此之主张，是与心内如素纸，染苍则苍，染黄则黄，以为善恶皆是由感觉上与经验上得来之主张，绝端相反耳。尚有一层，孟子以为先天的善性，无论其是圣贤如尧舜，不肖如丹朱，顽恶如瞽瞍和象，究其内心，仍是相同。凡人类只有一样同其的心，仁义礼智，皆固有之。故好善憎恶，好正恶邪，是出乎自然的。惟愚人蔽于邪，致不知礼义。但贤愚之别，又果何在乎？一、因理义之好有深浅。二、因能存其固有之性与否，此即有贤愚判别之故也。据是种原理，好似超经验派的伦理说，人之心本为生而得之，然其初为简单之胚胎，以后渐次发展，因人之良心，必待发展，所以个人非但能保其固有之良心，毫无差异，然而是非之意识，于是乎异矣。复次，孟子所谓先天固有之善性，是否如进化派主张，一切皆是生物族类历代相积之经验，最后则直觉之能乃显。因此固有之性，是吾人之祖先从其无始以来经验化成了特有之遗传；换言之，就是是否由原始人类即有像如此之善性，或是由祖先的经验加增，良心的遗传亦加增，而得此善性乎？若想着孟子那时的时势地位，可武断下去，孟子是说何时何地人的固有善性的同的。第一，孟子那时想不到达尔文之进化论之学理，彼言必尧舜，看古人胜今人，其心目中，并无遗传观念。第二，孟子的先天性善说，以为禀天之性，浅言之，就是上帝给我们的，此乃著者对于孟子人同具"善端"之意见，是非未敢臆断。

（丙）是非之判断是直觉的　孟子以为性是善的，又是先天的，则是非以为自然而知耳。所谓仁义礼智根于心，此是非之判别，便可将根心之四端做标准，故不学而能，不虑而知，尚要何经验。人类之情欲，皆系受制于此良知良能之善性，判断其动机邪正，以为行为的准的，正者是之，邪者非之，故在理性中之是非心，可以做意智中之法律。康德将此直觉的东西，称为"无上命法"。有"无上命法"在人心中，可以弗求原因而能解释，无奖励而能勤奋。故孟子曰，孩提爱亲，及长敬兄，又谓，见孺子入井，皆有怵惕恻隐之心，非以内交于孺子之父母及要誉于乡党朋友，盖以无经验之孩提而爱亲敬兄，便是不求原因而能解释，以路人而援救患者，便是无奖励而能勤奋，此全与康德直觉说相同者也。

（丁）人同具良知良能 所谓良知，即与生俱来之道德知识也。胡适之曰：孟子的知识论，全是"生知"（knowledge a priori）一派，所以他说四端都是"我固有之也，非由外铄我也"。四端之中，恻隐之心、羞恶之心和恭敬之心，都近于感情的方面，至于是非之心，便近于知识的方面了。孟子自己都不曾有这种分别，他似乎把四端包在"良知良能"之中，而"良知良能"却不止这四端，如曰：

> 人之所不学而能者，其良能也。所不虑而知者，其良知也。孩提之童，无不知爱其亲者。及其长也，无不知敬其兄也。亲亲，仁也。敬长，义也。（《尽心上》）

良字有善义。孟子既然把一切不学而能、不虑而知的都认为"良"，故曰：

> 大人者，不失其赤子之心者也。（《离娄下》）

仁义本人之良知，而众人之所以不知为仁义者，以为情欲所蔽而失其性。然有时受外力之感诱，亦能发见于不觉。

孟子所谓良知良能者，即是大人不失之赤子的心。此种赤子之心，以先天的本善，具于赤子之时，不论何时何地，皆能表现出之，如爱亲敬兄等是也。老子亦有此意曰："含德之厚，比于赤子。"又曰："德归于婴儿。"斯语可见老子于赤子之本能异常重视，其所以与孟子异者，即老子要人返于赤子，孟子则要人由赤子之心，加以扩充，此为老孟不同之要点耳。孟子所谓良知，如芥菜子的小胚胎，仍要赖教育修养之功，以扩充之。若仅守其赤子之本能，纵使不至消沉磨灭，又岂能发挥光大之乎？故应须尽心修养赤子之本能。如曰：

尽其心者，知其性也。知其性，则知天也。（《尽心上》）

又曰：

山径之蹊间介然，用之而成路。为间不用，则茅塞之矣。（《尽心下》）

此是说若不将其所具善的本能引伸而扩充之，则邪恶必来蒙蔽，则其天良亦因而亏损矣。孟子此种尽力以光大良知良能，不愧彼谓，吾善养吾浩然之气。总之，孟子之教训，于吾人修养之工夫，实最有力之名言也。

以上四端，系互相表里，一种连贯之学理。一言以蔽之，不过性本善三字而已。

性既善矣,为何又有恶乎?曰此乃孟子性善论正面之根据,尚有反证三则以为人之所以陷于恶者,一则由于环境之不良,二则由于自暴自弃,特于下分述之:

第二项　人之不善皆由于"不能尽其才"

胡适之云:人性既然是善的,一切不善的,自然都不是性的本质。孟子以为人性虽有种种善的可能性,但是人多不能使这些可能性充分发达,正如《中庸》所说:"惟天下之至诚,为能尽其性。"天下有几个这样"至诚"的人?因此便有许多人渐渐地把本来的善性沉没了,渐渐地习成恶人,并非性有善恶,只是因为人不能充分发达本来的善性,以致如此,所以他说:

若夫为不善,非才之罪也。……或相倍蓰而无算者,不能尽其才者也。(《告子上》)

推原人所以"不能尽其才"的缘故(参见胡适《中国哲学史大纲》),约有下列数种。

(甲)受环境之影响　环境之能力,足以转移个性者,据生物学家云,不能顺应环境之生物,必遭淘汰。此为进化之定例。此可见环境压迫物性之能力甚重大也。但此不过物体弗去顺应环境,故结果是死亡。人类亦然,而且除了自然的环境外，同时又须顺应人事方面的环境。此人事方面之环境，如人与人之交接，于生存的关系上，愈发利害过于天然。所以人类必要求适应于此环境。如此结果，社会反为个人之主人，则做主的社会起了变化，个人自然不能不随着变化耳。孟子曰：

> 人性之善也，犹水之就下也。人无有不善，水无有不下。今夫水，搏而跃之，可使过颡；激而行之，可使在山。是岂水之性哉？其势则然也。人之可使为不善，其性亦犹是也。（《告子上》）

彼谓人之作恶，全由环境之引惑力，与性无关也。故设喻以明之。又曰：

> 富岁，子弟多赖，凶岁，子弟多暴。非天之降才尔殊也，其所以陷溺其心者然也。今夫麰麦，播种而耰之，其地同，树之时又同，浡然而生，至于日至之时，皆熟矣。虽有不同，则地有肥硗，雨露之养，人事之不齐也。（《告子上》）

人性固善矣，遇富岁之年，丰衣足食，管弦呕哑，焉能禁其不懒乎？凶岁之年，人肉相食，转徙流离，焉能禁其不暴乎？是以陷溺其心者，实因其环境之使然，此所以有恶之起源无疑矣。

（乙）自暴自弃　　良好环境之中，亦有不善之人，如以尧为父，而有丹朱；以舜为父，而有商均；以周公为弟，武王为兄，文王为父，太姒为母，而有管蔡；则甘于自暴自弃之咎，亦非性之不善也。彼又喻之曰：

> 虽存乎人者，岂无仁义之心哉？其所以放其良心者，亦犹斧斤之于木也。旦旦而伐之，可以为美乎？其日夜之所息，平旦之气，其好恶与人相近也者几希，则其旦昼之所为，有梏亡之矣。梏之反覆，则其夜气不足以存。夜气不足以存，则其违禽兽不远矣。人见其禽兽也，而以为未尝有才焉者，是岂人之情也哉？（《告子上》）

此证明自暴自弃，亦非本性不善之论也。又曰：

> 自暴者，不可与有言也；自弃者，不可与有为也。言非礼义，谓之自暴也；吾身不能居仁由义，谓之自弃也。（《离娄上》）

如此人有自己暴弃自己的可能性，不肯向善，则不可救耳。但外界之势力，还有时可以无害于本性，即举舜之一生为例：

舜之居深山之中，与木石居，与鹿豕游，其所以异于深山之野人者几希。及其闻一善言，见一善行，若决江河，沛然莫之能御也。（《尽心上》）

（丙）由于"以小害大，以贱害贵" 尚有一个"不得尽其才"之原因，系由于"发"得错耳。孟子曰：

体有贵贱，有小大。无以小害大，无以贱害贵。养其小者为小人，养其大者为大人。（《告子上》）

哪一体是大的贵的？哪一体是小的贱的？孟子曰：

耳目之官不思，而蔽于物。物交物，则引之而已矣。心之官则思，思则得之，不思则不得也。此天之所与我者，先立乎其大者，则其小者弗能夺也。此为大人而已矣。（《告子上》）

其实这种议论，大有流弊。胡适之评之云：人的心思不独立于耳目五官之外的，耳目五官不灵的，还有什么心思可说？中国古来的读书人的大病根正在专用记忆力，却不管别的官能，到后来只变成一班四肢不灵、五官不灵的废物。

第三节　荀子之性恶论

与孟子性善论最相反者，莫如荀子之性恶论，昔人每谓孟荀两趋极端者也。盖《性恶》一篇，言："人之性恶，其善者伪也。"凡九见。其见于他篇者称是。如今先述其性与伪之义界，次及其立说之根据。荀子曰：

> 凡性者，天之就也，不可学，不可事。（《性恶篇》）

又曰：

> 不可学不可事之在天者谓之性（依顾千里校），可学而能，可事而能之在人者谓之伪，是性伪之分也。（《性恶篇》）

又曰：

> 生之所以然者谓之性。生（依王先谦校）之和所生，精合感应，不事而自然，谓之性。性之好恶喜怒哀乐，谓之情。情然而心为之择，谓之虑。心虑而能为之动，谓之伪。虑积焉，能习焉而后成，谓之伪。（《正名篇》）

是则所谓性者，先天固有者也，伪者，后天人为者也。

荀子谓人之性恶，其善者伪者，即谓吾人先天所固有者皆恶，其善也，有赖于人为耳。胡适之亦云："性只是天生成的，伪只是人力做的。"（"伪"字本训"人为"。）后来的儒者读了"人之性恶，其善者伪也"，把"伪"字看作真伪的伪，便大骂荀卿，不肯再往下读了。所以荀卿受了许多冤枉。中国自古以来的哲学家都崇拜"天然"过于"人为"，老子、孔子、墨子、庄子、孟子，都是如此。大家都以为凡是"天然的"，都比"人为的"好。后来渐渐地把一切"天然的"都看作"真的"，一切"人为的"都看作"假的"。所以后来，"真"字竟可代"天"字，而"伪"字竟变成"讹"字。独有荀子极力反对这种崇拜天然的学说，以为"人为的"比"天然的"更好，所以他的性论，说性恶的，一切善都是人为的结果。这样推崇"人为"过于"天然"，乃是荀子哲学的一大特色。

第一项 性恶论之根据（天然说）

荀子性恶之说，自有其根据，兹分述如下：

（甲）根据众人之心理 彼意目欲极色，耳欲极声，众人之常情，不待学而能成也，以此知人性之本恶。

一曰人之性生而有好利疾恶与耳目之欲。

> 今人之性，生而有好利焉，顺是，故争夺生，而辞让亡焉。生而有疾恶焉，顺是，故残贼生，而忠信亡焉。生而

有耳目之欲，有好声色焉，顺是，故淫乱生，而礼义文理亡焉。然则从人之性，顺人之情（按此以性情混言，《礼论篇》同《儒效篇》则二者有别其言曰："性也者，吾所不能为也，然而可化也。情也者，非吾所有也，然而可为也。"又以师法为人之大宝，而师法者，所得乎情，非所受乎性），必出于争夺，合于犯文（从俞荫甫校）乱理，而归于暴。故必将有师法之化，礼义之道，然后出于辞让，合于文理，而归于治。用此观之，然则人之性恶明矣，其善者伪也。（《性恶篇》）

二曰人之性饥而欲饱，寒而欲暖，劳而欲休。

今人之性，饥而欲饱，寒而欲暖，劳而欲休，此人之情性也。今人饥，见长而不敢先食者，将有所让也。劳而不敢求息者，将有所代也。夫子之让乎父，弟之让乎兄，子之代乎父，弟之代乎兄，此二行者，皆反于性而悖于情也。然而孝子之道，礼义之文理也。故顺情性则不辞让矣，辞让则悖于情性矣。用此观之，然则人之性恶明矣，其善者伪也。（《性恶篇》）

三曰人之性好利而欲得。

夫好利而欲得者，此人之情性也。假之有弟兄资财而分者，且顺情性，好利而欲得，若是，则兄弟相拂夺矣。且化礼义之文理，若是，则让乎国人矣。故顺情性，则弟兄争矣。化礼义，则让乎国人矣。……夫薄愿厚，恶愿美，狭愿广，贫愿富，贱愿贵。苟无之中者，必求于外。故富而不愿财，贵而不愿势。苟有之中者，必不及于外。用此观之，人之欲为善者，为性恶也。(《性恶篇》)

四曰人之性偏险而不正，悖乱而不治。

故古者圣人以人之性恶，以为偏险而不正，悖乱而不治。故为之立君上之势以临之，明礼义以化之，起法正以治之，重刑罚以禁之，使天下皆出于治，合于善也。是圣王之治而礼义之化也。今当试（王先谦法：当试，犹尝试也）去君上之势，无礼义之化，去法正之治，无刑罚之禁，倚（王念孙谓：倚，立也）而观天下民人之相与也。若是，则夫强者害弱而夺之，众者暴寡而哗之，天下之悖乱而相亡，不待顷矣。用此观之，然则人之性恶明矣，其善者伪也。(《性恶篇》)

言声色之好，不学而能；礼义之教，强学而始知。众人之心理，无不如此，即人之性本恶而非善也。

（乙）根据礼义之起源　　彼意人性苟善，则先王不必制礼义以化其性。礼义之兴，囚人无分而争。无分而争，非性恶之铁证乎？故曰：

> 人生而有欲，欲而不得，则不能无求。求而无度量分界，则不能不争。争则乱，乱则穷。先王恶其乱也，故制礼义以分之，以养人之欲，给人之求。使欲必不穷于物，物必不屈于欲。两者相持而长，是礼之所起也。（《礼论篇》）

又曰：

> 性善，则去圣王，息礼义矣。性恶，则与圣王，贵礼义矣。故檃栝之生，为枸木也；绳墨之起，为不直也；立君上，明礼义，为性恶也。用此观之，然则人之性恶明矣，其善者伪也。（《性恶篇》）

又曰：

> 凡古今天下之所谓善者，正理平治也。所谓恶者，偏险悖乱也。是善恶之分也矣。今诚以人之性，固正理平治邪，则有恶用圣王，恶用礼义哉？虽有圣王礼义，将曷加于正理平治也哉？今不然，人之性恶。故古者圣人以为人之性恶，

以为偏险而不正，悖乱而不治，故为之立君上之势以临之，明礼义以化之，起法正以治之，重刑罚以禁之，使天下皆出于治，合于善也。是圣王之治，而礼义之化也。(《性恶篇》)

此是谓人的天性有种种情欲，若顺情欲为之，定出恶事，可见人性之本恶。因人性本恶，故必须有礼义法度，"以矫饰之情性而正之，以扰化人之情性而导之"，方可以为善。是以人之善行，全依人为也。综其所言，谓性可以为恶，而仍不足以破性可以为善。

第二项　性善论之根据（人为说）

（甲）人之为善，由于积靡所成　夫可学而能，可事而成者谓之伪。积靡所成，即由环境之善，积伪而化其性也。故口：

> 圣人积思虑，习伪故，以生礼义而起法度。然则礼义法度者，是生于圣人之伪，非故生于人之性也。（《性恶论》）

又曰：

> 凡所贵尧禹君子者，能化性，能起伪，伪起而生礼义。然则圣人之于礼义，积伪也，亦犹陶埏而生之也。用此观

之,然则礼义积伪者,岂人之性也哉?……天非私曾骞孝己,而外众人也。然而曾骞孝己独厚于孝之实,而全于孝之名者,何也?以綦于礼义故也。(《性恶篇》)

又曰:

今使涂之人,伏术为学,专心一志,思索熟察,加日县久,积善而不息,则通于神明,参于天地矣。故圣人者,人之所积而致矣。(《性恶篇》)

皆明积靡之足以移性,则谓"习俗移志"者此也。

(乙)人之为善,由于心能主宰 人亦尝有处恶劣环境之中,而能为善者,则因心能制性,而不能性所惑,能远见利害,而不仅圆目前也,故曰:

心平愉,则色不及佣,而可以养目;声不及佣,而可以养耳;蔬食菜羹,而可以养口;粗布之衣,粗紃之履,而可以养体;居室庐庚,葭藁蓐,尚机筵,而可以养形。故无万物之美,而可以养乐;无势利之位,而可以养名。如是,而加天下焉,其为天下多,其和乐少矣。(《正名篇》)

是所谓"重己役物"不惑于性,而自得于心者也,其能为善者，亦非人之性也。

第四节 孟荀性论之异同

孟言性善，荀言性恶，虽各有异义，自竖一帜，然仍殊途同归，异中有同，是所言不外去恶成善之道，大有功于人类也。

孟荀论性，皆因根本观点不同，其实立意不谋自合。胡适云：

> 孟子把"性"字来包含一切"善端"，如恻隐之心之类，故说性是善的。荀子把"性"来包含一切"恶端"，如好利之心、耳目之欲之类，故说性是恶的。这都由于根本观点不同之故。孟子又以为人性含有"良知良能"，故说性善。荀子又不认此说，他说人人虽有一种"可以知之质，可以能之具"（此即吾所谓"可能性"），但是"可以知"未必就知，"可以能"未必就能。故曰："夫工匠农贾，未尝不可以相为事也。然而未尝能相为事也。用此观之，然则可以为，未必能也。虽不能，无害可以为。然则能不能之与可不可，其不同，远矣。"（《性恶篇》）例如"目可以见，耳可以听"，但是"可以见"未必就能见得"明"，"可以听"未必就能听得"聪"。这都是驳孟子"良知良能"之说。依此说来，荀子虽说性恶，

其实是说性可善可恶。

前节曾引《正名篇》曰："生之所以然者谓之性。生之和所生，精合感应，不事而自然，谓之性。性之好恶喜怒哀乐，谓之情。情然而心为之择，谓之虑。心虑而能为之动，谓之伪。虑积焉，能习焉而后成，谓之伪。"是则所谓性者，先天固有者也。伪者，后天人为者也。荀子谓人性恶，其善者伪也，即谓吾人所固有者皆恶，其善也，有赖于人为耳。然观其立论之根据，则又不能无异辞矣。观其言曰：

> 故枸木，必将待檃栝烝矫然后直；钝金，必将待砻厉然后利；今人之性恶，必将待师法然后正，得礼义然后治。今人无师法，则偏险而不正；无礼义，则悖乱而不治。古者圣王，以人之性恶，以为偏险而不正，悖乱而不治，是以为之起礼义，制法度，以矫饰人之情性而正之，以扰化人之情性而导之也。使皆出于治，合于道者也。(《性恶篇》)
>
> 故陶人埏埴而为器，然则器生于陶人之伪，非故生于人之性也。故工人斫木而成器，然则器生于工人之伪，非故生于人之性也。圣人积思虑，习伪故，以生礼义而起法度。然则礼义法度者，是生于圣人之伪，非故生于人之性也。……夫陶人埏埴而生瓦，然则瓦埴岂陶人之性也哉？工人斫木而生器，然则器木岂工人之性也哉？夫圣人之于礼义也，辟亦

陶埏而生之也。然则礼义积伪者，岂人之本性也哉！(《性恶篇》)

缪凤林曰：此言与告子"以人心为仁义，犹以杞柳为桮棬"之说同一谬误。夫性之能善，以其可以为善，而其为善也，初不待戕贼其性以为善也。若夫枸木之有待于檃栝烝矫然后直，钝金之有待于砻厉然后利，与夫埴之有待于埏而生瓦，木之有待于斫而生器，则皆被动之事，恶足以与人之为善相比。木不能自为工人，土不能自为陶者，岂人亦不能自为礼义法度乎？即谓礼义之与法度之起，皆有赖于圣人，然圣人固亦人也，圣人之性，固与人无殊也。《性恶篇》曰："故圣人之所以同于众，而不过于众者，性也。"又曰："凡人之性，尧舜之与桀跖，其性一也，君子与小人，其性一也。"前言不可学不可事之在天者谓之性，所谓不可学与不可事，荀子亦有明确之解释曰："今人之性，目可以见，耳可以听。夫可以见之明不离目，可以听之聪不离耳。目明而耳聪，不可学明矣。"吾人推之原始之礼义法度，初非世所有，而皆生起于圣人。是则原始之礼义法度生于圣人之不可学不可事之性也明矣。圣人之性既与人无殊，则人人性中皆有礼义法度，皆可生礼义法度更可知矣。

荀子谓性得礼义然后治，而此礼义为人性所固有，是则人性之可以为善也审矣，性恶云乎哉？

吾人所宜注意者，即其可不可与能不能之分别是也。可以为固未必即能为，然不可则必不能，能为则必不以为。易言之，即能根于可，而非可根于能也。涂之人可以为禹（性恶），未必即能为禹，然仍无害可以为禹。正犹性可以为善，未必即能善，然仍无害其可以为善也。立此义为前提，则荀子性恶之说，在在失其根据，而与孟子若出一辙矣。

荀子又曰：

> 凡生乎天地之间者，有血气之属，莫不有知，有知之属，莫不爱其类。今夫大鸟兽则失亡其群匹。越月踰时，则必反铅。过故乡，则必徘徊焉，鸣号焉，踯躅焉，踟蹰焉，然后能去之也。小者是燕爵，犹有啁噍之顷焉，然后能去之。故有血气之属，莫知于人，故人之于其亲也，至死无穷。（《礼论篇》）

是则礼义虽制于圣人，而此礼义仍为人性中所有物，初非因人之性恶而外加以礼义也，前所引谓："子之让乎父，弟之让乎兄，子之代乎父，弟之代乎兄。"又谓："化礼义则让乎国人。"亦即有知之属之爱类心之表现，为性而非为矫饰也。末言"人之于其亲也，至死无穷"，此则更与孟子"孩提之童，无不知爱其亲也，及其长也，无不知爱其兄也"如出一辙。"是皆生于人之情性者也，感而自然，不待事而后生之者也"，岂反于性而悖于情哉？

总而言之，孟子虽言性善，实言性可以为善，可以为恶。荀子虽言性恶，实亦言性可以为善，可以为恶。徒以旨有所偏，言有轻重，浅人不察，遂为所蒙。所谓孟主性善，荀主性恶者，为学术界口头禅，盖已二千余年于此矣，庸讵知其间固有互通者在耶？善乎缪凤林君之言曰，夫使人性固尽善，则恶必无自而起，使人性固尽恶，则善亦必无自而有，性善性恶，则世人亦莫得而论善恶。然世固有善有恶矣，世人亦言善言恶矣，非性之可以为善可以为恶，又乌足以致此。

第五节　孟子性善论之真价

大凡每一哲学家，其创一学说，无论是非优劣，自有其相当之价值，而况孟子之性善论，行之二千余年，世人多宗之，奉之为圭臬，则其价值自不待论矣。

第一项　孟子性善论在伦理思想上之价值

我国以儒家为伦理学之大宗，而儒家则于一切精神界科学，悉以伦理学范围之。哲学心理学，本与伦理学有密切之关系。我国学者仅以是为伦理学之前提，其他曰为政以德，曰孝治天下，是政治学范围于伦理也。曰国民修其孝悌忠信，可使制挺以挞坚甲利兵，是军事学范围于伦理也。攻击异教，恒以无父无君为辞，是宗教范围于伦理也。详定诗古文辞恒以载道述德，是美学范围于伦理也。曰人之性善，曰人皆有不忍人之心，是人性范围于伦理也。我国伦理学之范围，其广如此，则我国学术，宜若伦理学唯一发达矣。兹仅论孟子性善论在伦理思想上之价值，其他暂置之不论。

性善之说，为孟子伦理思想之精髓。《孟子》书言心性颇多，如曰："人之所不学而能者，其良能也。所不虑而知者，其良知也。孩提之童，无不知爱其亲者。及其长也，无不知敬其兄也。"又曰："人皆有不忍人之心。……谓人皆有不忍人之心者，今人乍见孺子将入于井，皆有怵惕恻隐之心。非所以内交于孺子之父母也。"等等之精论。而于伦理思想上有莫大之帮助，有莫大之真价。且伦理学者，本人性全部之知识，而尤注重于其关乎精神关乎社会之两部，用以发展人类种种之生活，使达于完全。由是观之，孟子开发人类之性善，实在伦理思想上放一线之曙光也。

第二项　孟子性善论在心理学上之价值

《孟子》书言心性者甚多，本章亦累举之。如曰："无恻隐之心，非人也；无羞恶之心，非人也；无辞让之心，非人也；无是非之心，非人也。恻隐之心，仁之端也；羞恶之心，义之端也；辞让之心，礼之端也；是非之心，智之端也。人之有是四端，犹其有四体也。"又曰："乃若其情，则可以为善矣，乃所谓善也。若夫为不善，非才之罪也。恻隐之心，人皆有之；羞恶之心，人皆有之；恭敬之心，人皆有之；是非之心，人皆有之。恻隐之心，仁也；羞恶之心，义也；恭敬之心，礼也；是非之心，智也。仁义礼智，非由外铄我也，我固有之也，弗思耳矣。"此孟子别有积以经验之心理，归纳而得之也。著者前曾云：所谓仁义礼智根于心，这是非的判别，便可把根心的四端做标准，所以不学而能，不虑而知，还要什么经验呢？人类的情欲，都受制这个良知良能的善性，判断其动机邪正，以为行为的标准的，此与康德直觉说相似。总之，孟子性善说，其立论如人同具官能，曰人同具良知，其说虽有牵强之处，然在心理学上自有其相当之价值也。

第三项　孟子性善论在教育思想上之价值

孟子性善论既在心理学上有相当之价值，然在教育上亦有价值也。如曰："尽其心者，知其性也。知其性则知天矣。存其心，养其性，所以事天也。"此兼言存养，即子思率性修道之义；又有恃于教育矣。又曰："人之所以异于禽兽者几希，庶民去之，君子存之。"教育只是要保存此"人之所以异于禽兽"的人性。陆贾承孟子之说曰：天地生人也，以礼义之性，人能察己所受命则顺，顺之谓道（此见王充《论衡》所引）。此言人所受于天之性虽善，又在己察而顺之，益是归重教育之意矣。盖性善论自孟子至于程朱，数有迁变；程朱兼言理气，而谓学者以变化气质为贵，益见其归重教育之意焉。

总之，孟子性善论，其中无非以匠成人性，增进人格之事，归诸教育之功，是以在教育思想上有莫大之价值焉。（详见后《教育哲学》章。）

第五章 政治哲学

第一节　孟子政治哲学之出发点

大凡一家哲学之发生，或系由于社会环境之影响，或系由于他家哲学之激动，必有原因，决非凭空而来。孟子之政治哲学之发生，亦不外此数因。

前章所述孟子之时代背景，与彼时代所发生之思潮。孟子视彼时代之状况及彼时思潮之影响，故其思想，全为彼时代之产物，亦全为彼时代之反动。观孟子对于当时政治评判之云：

> 狗彘食人而不知检，涂有饿莩而不知发，人死，则曰："非我也，岁也。"（《梁惠王上》）

> 庖有肥肉，厩有肥马，民有饥色，野有饿莩，此率兽而

食人也。(《梁惠王上》)

争地以战，杀人盈野。争城以战，杀人盈城。此所谓率土地而食人肉，罪不容于死。(《离娄上》)

夺其民时，使不得耕耨以养其父母。父母冻饿，兄弟妻子离散。(《梁惠王上》)

此四段俱系甚激烈之议论，读者试将《伐檀》《硕鼠》两篇诗及老子云"人之道，损不足以奉有余……"记于脑中，便知孟子所述"庖有肥肉，厩有肥马，民有饥色，野有饿莩"之言，乃为当时社会之实情也。更回想《苕之华》诗"知我如此，不如无生"及老子云"民不畏死""民之轻死，以其求之厚，是以轻死"之言，便知孟子所言"夺其民时，使不得耕耨以养其父母。父母冻饿，兄弟妻子离散"之语，亦系当时之实情。人孰不求生，孰不以养父母，到了"知我如此，不如无生"之时，束手安分亦系死，造反作乱亦系死，故自然轻生而不畏死矣。

孟子政治论，本有唯心主义的倾向，故曰：

生于其心，害于其政。(《公孙丑上》)

人皆有不忍人之心。先王有不忍人之心，斯有不忍人之政矣。以不忍人之心，行不忍人之政，治天下可运之掌上。(《公孙丑上》)

试观当时不忍人之政如何？如曰：

> 今之事君者曰："我能为君辟土地，充府库。"今之所谓良臣，古之所谓民贼也。君不乡道，不志于仁，而求富之，是富桀也。"我能为君约与国，战必克。"今之所谓良臣，古之所谓民贼也。君不乡道，不志于仁，而求为之强战，是辅桀也。由今之道，无变今之俗，虽与之天下，不能一朝居也。(《告子下》)
> 立乎人之本朝，而道不行，耻也。(《万章下》)
> 不以尧之所以治民治民，贼其民者也。(《离娄上》)

暴政横行，民生困苦，欲爱民保民，则非实施仁政不为功也。

第二节　民权主义

第一项　孟子民权主义之根据

（甲）人类平等之原则　孟子之人类平等主张，根据于人之本能，因本能为人之所共有，而又相同者。但是种本能，亦不外良知良能与种种善端，为其性善论之张本也。

孟子以为人之本性，既然相同，圣人与我即系同类，自无根本上之差别。故曰：

> 彼,丈夫也;我,丈夫也:吾何畏彼哉?(《滕文公上》)

然实际上能"养浩然之气"而为大丈夫者,甚属鲜少。此并非无是种本能,实不为也。曹交问孟子曰:

> 人皆可以为尧舜,有诸?(《告子下》)

孟子说有。曹交便以没有才能,不能为,对之。孟子便曰:

> 奚有于是?亦为之而已矣。……夫人岂不胜为患哉,弗为耳。(《告子下》)

孟子对于齐宣王亦曰:

> 然则一羽之不举,为不用力焉;舆薪之不见,为不用明焉;百姓之不见保,为不用恩焉。故王之不王,不为也,非不能也。……挟泰山以超北海,语人曰:"我不能。"是诚不能也。为长者折枝,语人曰:"我不能。"是不为也,非不能也。故王之不王,是折枝之类也。(《梁惠王上》)

不为不能实是为善不为善之大关键。孟子又引颜渊之言曰:

> 舜何人也，予何人也，有为者亦若是。(《滕文公上》)

此足以证明彼主张人类只有后天成就智愚，并无先天之贤不肖。进而言之，即恶人能放下屠刀，立地成佛。若为善者，一旦为恶，亦就沦在地狱。故曰：

> 西子蒙不洁，则人皆掩鼻而过之。虽有恶人，斋戒沐浴，则可以祀上帝。(《离娄下》)

西子是失其本性，故遭人之厌恶。恶人是返其本性，故受上帝之容受。社会上绝无本能不平等之人类，可见个人为重要者易言之，无论为尧为舜为桀为纣，人格均系在水平线上。是以治者与被治者之阶级，君子与小人之差别，并非先天上即有此现象，乃是彼辈自出世后，养得不同之故。此为人类平等学说之渊源，亦民权主义之根据也。

（乙）君贵民轻之弊害　孟子为民权主义之鼻祖，倡民贵君轻之论，尝以舜禹之受禅，实迫于民视民听，桀纣残贼，谓之一夫，而不可谓之君，提倡民权，为孔子所未及焉。

战国时代，君行暴政，人民憔悴，其真相，唯孟子观察之最深，亦敢发公平之论。彼尝曰：

> 余岂好辩哉，余不得已也。(《滕文公下》)

此沉痛之言，已可见孟子之心矣。读《孟子》一书，通篇语辞，不外替人民说话，亦不外为人民谋幸福。故余尝称孟子之主义为民众福利主义，诚有功于民众也。其批评当时战争之惨祸曰：

争地以战，杀人盈野。争城以战，杀人盈城。(《离娄上》)

又曰：

民之憔悴于虐政，未有甚于此时者也。(《公孙丑上》)
今之诸侯，取之于民也，犹御也。(《万章下》)

由此可见一斑矣。此外如"夺民时""罔民"等事，数见不鲜。虽然，当时各国之君所以敢为暴虐而无所顾虑者，何耶？此盖由于君权过重，民位过卑，君主皆以人民为不足畏也。孟子深知当时症结之所在，故其政治论中多有提倡民权之论，以救当时之弊焉。

第二项　邦国之主权在民

夫以主权属于君主者，则邦国为君主所有；以主权属于贵族者，则邦国为贵族所有；以主权属于人民者，则邦国为人民所有。邦国为人民所有者，然后人民得以之与人，取之于人。今孟子谓民能以天下与人，而天子不能以天下与人，是邦国民有，而主权在民也。法人卢梭亦谓邦国之主权不在于一人，而在于众人，与孟子之意相近。如：孟子见梁襄王，出，语人曰：

（王）卒然问曰："天下恶乎定？"吾（孟子）对曰："定于一。""孰能一之？"对曰："不嗜杀人者，能一之？""孰能与之？"对曰："天下莫不与也。"（《梁惠王上》）

又万章与孟子讨论尧舜之授受：

万章曰："尧以天下与舜，有诸？"孟子曰："否。天子不能以天下与人。""然则舜有天下也，孰与之？"……"天与之，人与之。"（《万章上》）

孟子自谓天者，以民为代表者也，故其引《泰誓》之言曰："天视，自我民视。天听，自我民听。"此孟子谓民能以天下与人之说也。吾国古昔皆以能以天下与人者，惟有天耳，所以国家兴亡，皆曰天命。如禹王也，则曰："皇天眷命，奄有四海，为天下君。"桀之亡也，则曰："有夏多罪，天命殛之。"汤之王也，则曰："夏王有罪……帝用不臧，式商受命。"纣之亡也，则曰："商罪贯盈，天命诛之。"此种"得天者兴，失天者亡"之论，至周犹是，盖以邦国之主权在天，惟天乃能处分之耳。但古昔以邦国之于主权在天，则以有天下者，在"享之心"。孟子以邦国之主权在民，则以有天下者，在"得民心"。此亦吾国政治思想之一大变迁也。孟子曰：

> 民为贵，社稷次之，君为轻。是故得乎丘民而为天子，得乎天子为诸侯，得乎诸侯为大夫。（《尽心下》）

又曰：

> 得天下有道，得其民，斯得天下矣。得其民有道，得其心，斯得民矣。得其心有道，所欲与之聚之，所恶勿施尔也。（《离娄上》）

由是可知孟子视人民在一国中所处地位之重要矣。故当时齐宣王胜燕之后，问孟子以燕之可取不可取，孟子答以取之而燕民悦，则取之，取之而燕民不悦，则勿取。盖孟子之意，以为兵强力厚者，虽可一时夺取人国，然而国权在民，苟非民悦而与之，固不可强占而有也。

第三项　民有对君不服从之义

凡言君主一尊者，人民对于君主只以服从为正义，而以叛逆为不道。故夏桀，暴君也；成汤放之，卒至自惭其德，而曰："予恐来世以台为口实。"商纣，残主也；周武伐之，夷齐叩马而谏曰："以臣伐君，可乎？"孟子则不然，如：

> 邹与鲁哄。穆公问曰："吾有司死者三十三人，而民莫之死也。诛之，则不可胜诛。不诛，则疾视其长上之死而不救。如之何则可也？"孟子对曰："凶年饥岁，君之民老弱转乎沟壑，壮者散而之四方者，几千人矣。而君之仓廪实，府库充，有司莫以告，是上慢而残下也。曾子曰：'戒之，戒之。出乎尔者，反乎尔者也。'夫民今而后得反之也，君无尤焉。"（《梁惠王下》）

夫穆公以人民"疾视其长上之死而不救"之极大问题，问孟子如何处置，而孟子乃答以此是人民复仇之举，不足为罪。可见孟子以人民之不服从长上，非不可也。推而言之，虽君主之不服从亦无不可。不唯民如此，臣亦有然。如曰：

> 君之视臣如手足，则臣视君如腹心。君之视臣如犬马，则臣视君如国人。君之视臣如土芥，则臣视君如寇雠。（《离娄下》）

表明臣不是定须服从君者。君要臣服从，须得已先为善。

己若不以礼待臣，此即如"食而弗爱，豕之交也，爱而不敬，兽之畜也"。稍明理之人，绝不能容受之。囚臣之所以为臣，本不在结好于君，但孟子言为臣之职分尚不尽此，更分卿为异姓之卿及贵戚之卿。异姓之卿"君有过则谏。反覆之，而不听，则去"。贵戚之卿"君有大过，则谏。反覆之，而不听，则易位"。（《万章下》）君有大过，便害于民，百姓虽无异言，然贵戚之卿以宗庙为重，民命为贵，决然易君，何等利害。异姓之卿避而去之，且视君为寇雠，虽君死亦不服。要而言之，君与臣皆为民。桀纣虐民，孟子便许汤武征服。太甲不知为民，孟子便许伊尹放逐。岂如后之为臣者，仅知发"天王圣明，臣罪不诛"之言，将百姓置于脑后而不管乎？

但君之才能，尚有不及之时，仁人在位，即不能不询及刍荛，好成就彼之职分上之事业。孟子曰：

> 故将大有为之君，必有所不召之臣，欲有谋焉，则就之。其尊德乐道不如是，不足与有为也。（《公孙丑下》）

贤者谒君，在行其保民之道，所以不用礼聘，便不去。恐自往求见，道反不能行。至于君主召之，则非为民求贤可知，所以贤者便不来。

> 古之贤士……乐其道而忘人之势，故王公不致敬尽礼，

则不得亟见之。见且由不得亟,而况得而臣之乎?(《尽心上》)

贤者素来存有"先天下之忧而忧"之观念,一旦出位,总想"以道殉身""泽加于民",并非为君主做功狗而来。"彼以其富,我以吾仁。彼以其爵,我以吾义。"注重在民,显然易见。是以君之弗保民,则失其为君。臣不保民,则失其为臣。贤士弗保民,则不足为贤士。民之珍贵,可想而知矣。

又孟子以国内之有君、民、臣三者,由于或劳心,或劳力,或任重,或任轻,随能而异之分功而已。彼此互相需要,互相倚助,人君亦同在此水平线上而已。若有不尽其责者,即为失职。若有不敬乎人者,即为轻慢。失职之人,即有罪于社会。所以谓桀纣为匹夫,而汤武非弑君也。轻慢之人,人亦得轻慢之。所以告滕文公必恭俭而礼下也。

第四项　政事以民为归

孟子以得天下在得民心,得民心在于"所欲与之聚之,所恶勿施尔也"。是即孟子所据以施政之纲要也。故孟子所言仁政:

施仁政于民,省刑罚,薄税敛,深耕易耨。壮者以暇日修其孝悌忠信,入以事其父兄,出以事其长上。(《梁惠王上》)

是故明君制民之产，必使仰足以事父母，俯足以畜妻子，乐岁终身饱，凶年免于死亡。然后驱而之善，故民之从之也轻。(《梁惠王上》)

所言王政：

王曰："王政可得闻与？"对曰："昔者文王之治岐也，耕者九一，仕者世禄，关市讥而不征，泽梁无禁，罪人不孥。老而无妻曰鳏，老而无夫曰寡，老而无子曰独，幼而无父曰孤。此四者，天下之穷民而无告者。文王发政施仁，必先斯四者。"(《梁惠王下》)

所言不忍人之政：

人皆有不忍人之心。先王有不忍人之心，斯有不忍人之政矣。以不忍人之心，行不忍人之政，治天下可运之掌上。(《公孙丑上》)

皆以为民也。

第五项　用人以民意为准

孟子以国家用人之贤否，其关系于民，至重且大，故曰：

> 惟仁者宜在高位。不仁而在高位，是播其恶于众也。（《离娄上》）

但欲得仁者，去不仁者，其道如何？孟子以为依民意为准，则可矣。如曰：

> 国君进贤，如不得已，将使卑逾尊，疏逾戚，可不慎与？左右皆曰贤，未可也。诸大夫皆曰贤，未可也。国人皆曰贤，然后察之。见贤焉，然后用之。左右皆曰不可，勿听。诸大夫皆曰不可，勿听。国人皆曰不可，然后察之。见不可焉，然后去之。左右皆曰可杀，勿听。诸大夫皆曰可杀，勿听。国人皆曰可杀，然后察之。见可杀焉，然后杀之。故曰：国人杀之也。（《梁惠王下》）

孟子此论与孔子所谓"天下有道，则庶人不议"者，大不同矣。

第六项　君为须顺乎民意

孟子以为君主所行所为，须顺乎民意，才得民心。如反乎民意，失民心，则亦失其政耳。此与卢梭所谓国家主权，必属之人民，政府不过实行人民主权所规定者之机关而已之意相同。孟子曰：

齐宣王问曰:"文王之囿方七十里,有诸?"孟子对曰:"于传有之。"曰:"若是其大乎?"曰:"民犹以为小也。"曰:"寡人之囿方四十里,民犹以为大,何也?"曰:"文王之囿方七十里,刍荛者往焉,雉兔者往焉,与民同之。民以为小,不亦宜乎?臣始至于境,问国之大禁,然后敢入。臣闻郊关之内,有囿方四十里,杀其麋鹿者,如杀人之罪。则是方四十里,为阱于国中。民以为大,不亦宜乎?"(《梁惠王下》)

文王能与人民合作,能顺从民意,故能受百姓爱戴也。

第七项　君主以保民为职分

孟子由其民贵之学说,建设其最伟大之保民政策。唯保民政策,须由君主执行,且君主所以能为君主,即在保民,不能保民,贼仁残义,即失其为君之资格。况民较君为贵,君主所为,便当以保民为唯一之目的。故:

滕文公问为国。孟子曰:"民事不可缓也。"(《滕文公上》)

民事奈何?从消极的方面说,先要不扰民。所谓:

不违农时,谷不可胜食也。数罟不入污池,鱼鳖不可胜食也。斧斤以时入山林，材木不可胜用也。谷与鱼鳖不可胜食，材木不可胜用，是使民养生丧死无憾也。养生丧死无憾，王道之始也。(《梁惠王上》)

从积极的方面说，更要保民。保民奈何？孟子以为：

无恒产而有恒心者，惟士为能。若民，则无恒产，因无恒心。苟无恒心，放辟邪侈，无不为已。及陷于罪，然后从而刑之，是罔民也。……是故明君制民之产，必使仰足以事父母，俯足以畜妻子，乐岁终身饱，凶年免于死亡。然后驱而之善，故民之从之也轻。(《梁惠王上》)

保民政策之实施，首在处理人民之生产经济。其唯一之希望，在使人民无冻馁之患，使有菽粟如水火。菽粟如水火，而民无有不仁。此则保民政策之极致也，由当时之政治现状与社会状况论之，斯固最良之政治计划。即以今日眼光评论之，亦一富有价值之政治学说也。

以上数端，为孟子受当日时势之影响，而提倡之民权。然果如其言以为国政，则虽以君主世袭亦不过。如今英国为虚君政体而已，实权则在人民也。梁任公谓："孟学所言诸政，今日泰西各国所行者，庶几近之。惜乎，孟学之绝也。"诚哉言乎。

第三节　非功利主义

第一项　功利主义之由来

孟子政治哲学中最大价值，在排斥功利主义。然功利主义在春秋战国时代，甚形发达。上至君臣，下至庶人，亦莫不趋于利之一途。人既自私自利，则廉耻涣散，道德沦亡。是以国与国争，人与人斗，而其共同点，不外为"利"之一字而已。功利主义之弊，贤人亦多论及之。如孔子有"君子喻于义，小人喻于利"之言。然《易传》言"利者义之和"，言"以美利利天下"，《大学》言"乐其乐而利其利"，并未尝绝对地以"利"字为含有恶属性。至孟子乃公然排斥之。

第二项　孟子之非功利主义

孟子排斥功利主义，其书之第一篇，即在与梁惠王之问答：

> 孟子见梁惠王。王曰："叟，不远千里而来，亦将有以利吾国乎？"孟子对曰："王，何必曰利？亦有仁义而已矣。王曰，何以利吾国？大夫曰，何以利吾家？士庶人曰，何以利吾身？上下交征利，而国危矣。万乘之国，弑其君者，必千乘之家。千乘之国，弑其君者，必百乘之家。万取千焉，

千取百焉，不为不多矣。苟为后义而先利，不夺不餍。未有仁而遗其亲者也。未有义而后其君者也。王亦曰仁义而已矣，何必曰利？"（《梁惠王上》）

宋牼将以利不利之说说秦楚罢兵，孟子谓"其号不可"。其言曰：

宋牼将之楚。孟子遇于石丘，曰："先生将何之？"曰："吾闻秦楚构兵，我将见楚王说而罢之。楚王不悦，我将见秦王说而罢之。二王我将有所遇焉。"曰："轲也请无问其详，愿闻其指，说之将何如？"曰："我将言其不利也。"曰："先生之志则大矣，先生之号则不可。先生以利说秦楚之王，秦楚之王悦于利以罢三军之师，是三军之士乐罢而悦于利也。为人臣者，怀利以事其君。为人子者，怀利以事其父。为人弟者，怀利以事其兄。是君臣、父子、兄弟终去仁义，怀利以相接，然而不亡者，未之有也。先生以仁义说秦楚之王，秦楚之王悦于仁义而罢三军之师，是三军之士乐罢而悦于仁义也。为人臣者，怀仁义以事其君。为人子者，怀仁义以事其父。为人弟者，怀仁义以事其兄。是君臣、父子、兄弟去利，怀仁义以相接，然而不王者，未之有也。何必曰利？"（《告子下》）

书中此一类语句甚多，不必枚举。要之此为孟子学说中极主要之精神，可以断言。

后此董仲舒所谓"正其谊不谋其利，明其道不计其功"，即从此出。此种学说在二千年社会中，虽保有相当势力，然真能实践者已不多。及近十余年，泰西功利主义派哲学输入，浮薄者或曲解其说以自便。于是孟董此举，几成为嘲侮之鹄，今不能不彻底评论其价值。

近人赞美孟子之非功利主义者，厥唯梁任公。其言曰：

营私罔利之当排斥，此常识所同认，无俟多辨也。儒家（就中孟子）所以大声疾呼以言利为不可者，并非专指一件具体的牟利之事而言，乃是言人类行为不可以利为动机。申言之，则凡计较利害（打算盘）的意思，都根本反对，认为是"怀利以相接"，认为可以招社会之灭亡，此种见解，与近世（就中美国人尤甚）实用哲学者流专重"效率"之观念正相反。究竟此两极端的两派见解孰为正当耶？吾侪毫不迟疑地赞成儒家言，吾侪确信"人生"的意义，不是用算盘可以算得出来。吾侪确信人类只是为生活而生活，并非为求得何种效率而生活，而绝无效率的事或效率极小的事，吾侪理应做或乐意做者，还是去做。反是，虽常人所指为效率极大者（无论为常识所认的效率或为科学方法分析评定的效率），吾侪有许多不能发现其与人生意义有何等关系。是故吾侪于效率主义，已根本怀疑。即让一步，谓效率不容蔑视；然吾侪仍确信效率之为物不能专以物质为计算标准，最少亦通算精神物质之总和（实则此总和是算不出来的）。又确信人类全体的效率，并非由一个一个人一件一件事的效率相加或相乘可以求得。所以吾侪对于现代最流行的效率论，认为是浅薄的见解，绝对不能解决人生问题。

"利"的性质，有比效率观念更低下一层，是为权利观念。权利观念，可谓为欧美政治思想之唯一的元素。彼都所谓人权，所谓爱国，所谓阶级斗争……种种活动，无一不导源于此。乃至社会组织中最简单最密切者如父子夫妇相互之关系，皆以此观念行之。此种观念，入到吾侪中国人脑中直是无从理解，父子夫妇间，何故有彼我权利之可言？吾侪真不能领略此中妙谛。此妙谛既未领略，则从妙谛推演出来之人对人权利，地方对地方权利，机关对机关权利，阶级对阶级权利，乃至国对国权利，吾侪一切皆不能了解。既不能了解，而又艳羡此时髦学说谓他人所以致富强者在此，必欲采之以为我之装饰品，于是如邯郸学步，新未成而故已失，比年之蜩螗沸羹不可终日者岂不以此耶？我且勿论，彼欧美人固充分了解此观念，恃以为组织社会之骨干者也。然其社会所以优越于我者何在？吾侪苦未能发明，即彼都人士亦窃窃焉疑之。由孟子之言，则直是"交征利""怀利以相接""不夺不餍""然而不亡者，未之有也"。质而言之，权利观念，全由彼我对抗而生，与通彼我之"仁"的观念绝对不相容，而权利之为物，其本质含有无限的膨胀性，从无自认为满足之一日，诚有如孟子所谓"万取千，千取百，而不餍"者。彼此扩张权利之结果，只有"争夺相杀谓之人患"之一途而已，置社会组织于此观念之上，而能久安，未之前闻，欧洲识者，或痛论彼都现代文明之将即灭亡，殆以此也。我儒家之言则曰：

能以礼让为国乎，何有？（《论语》）

此语欧洲人脑中，其不能了解也或正与我之不了解权利同。彼欲以交争的精神建设彼之社会，我欲以交让的精神建设我之社会，彼笑我懦，我怜彼犷，既不相喻，亦各行其是而已。

孟子既绝对排斥权利思想，故不独对个人为然，对国家亦然，其言曰：

"我能为君辟土地，充府库。"今之所谓良臣，古之所谓民贼也。……"我能为君约与国，战必克。"今之所谓良臣，古之所谓民贼也。……（《告子下》）

由孟子观之，则今世国家所谓军政财政外交与夫富国的经济政策等等，皆罪恶也。何也？孟子以为凡从权利观念出发者，皆罪恶之源泉也。

第三项　乐利主义

孟子政治学说，一面反对功利主义，一面主张乐利主义，亦曾将义利两字分得甚严。观《梁惠王》等章可见所抨击之"利"，即自私自利的利。大概当时之君主官吏俱系营私谋利者居多，此种为利主义与利民主义绝对相反。故孟子引公明仪之言曰：

> 庖有肥肉，厩有肥马，民有饥色，野有饿莩，此率兽而食人也。（《滕文公下》）

孟子所攻击之利，即系指此"利"，彼所主张之"仁义"，只是最大多数人的最大乐利。而所畏者即"交征利""怀利以相接"等事情。因少数人之为利，必侵犯大多数人之利，此孟子之所以反对之也。

第四节　唯心主义

儒家政治论，本有唯心主义倾向，此唯心主义，亦可谓为心治主义或主心主义。主张斯说者，以孟子为最。"生于其心，害于其政；发于其政，害于其事。"（《公孙丑上》）此语最为孟子所乐道。"正人心""格君心"等文句，书中屡见不一。孟子所以认心力如此其伟大者，皆从其性善论中得来。孟子曰：

> 仁义礼智，非由外铄我也。我固有之也，弗思耳矣。故曰，求则得之，舍则失之。(《告子上》)
>
> 虽存乎人者，岂无仁义之心哉？其所以放其良心者，亦犹斧斤之于木也。(《告子上》)
>
> 富岁，子弟多赖；凶岁，子弟多暴。非天之降才尔殊也，其所以陷溺其心者然也。(《告子上》)
>
> 孔子曰：操则存，舍则亡，出入无时，莫知其乡。惟心之谓欤？(《告子上》)
>
> 是故所欲有甚于生者，所恶有甚于死者。非独贤者有是心也，人皆有之，贤者能勿丧耳。(《告子上》)

人之所以为善为恶，皆在乎存是心，丧是心。如曰：

> 君子所以异于人者，以其存心也。(《离娄下》)

此便是"生于其心，害于其政；发于其政，害于其事"，无有丝毫通融者。心术与人之善恶，政之良劣，既有如此大关系，自然引出孟子之正心观念。

人皆有同类的心，而心皆有善端。人人各将此心扩大而充满其量，则彼我人格相接触，遂形成普遍圆满的人格。故曰："苟能充之，足以保四海。"此为孟子政治哲学之总出发点也。

且论孟子之正心观念，诚为其心治主义之张本。如曰：

> 人不足与适也，政不足间也，惟大人为能格君心之非。君仁莫不仁，君义莫不义，君正莫不正。一正君，而国定矣。（《离娄上》）

陈顾远君说得好："人君做不当的事情，尚不要紧，单怕忘了善端，心术失正，就不得了。所以大人在位，第一先得攻其邪心，然后善言才得入。不然，水点子落在油锅里，绝对是不相容的。你看孟子对齐梁等国的问答，都是随机开导，不执一说。梁惠王观台池鸟兽，便叫他与民偕乐。齐宣王说他好打仗好财物好美人，便说这都不妨，只要把百姓放在心上。因梁襄王问天下恶乎定，便倒出不嗜杀人的话。因滕文公问民间为什么疾视长上之死而不救，便引出百姓困苦已极非行政不可的话。无非引动其不忍人之心，行不忍人之政，则'治天下可运之掌上'。"（见《孟子政治哲学》）

孟子曰：

> 无恻隐之心，非人也；无羞恶之心，非人也；无辞让之心，非人也；无是非之心，非人也。……凡有四端于我者，

知皆扩而充之矣。若火之始然，泉之始达。苟能充之，足以保四海；苟不充之，不足以事父母。(《公孙丑上》)

正心之功效，如此之大，亦可知孟子正心的观念，是心治主义之张本，而心治主义，又系人治主义之基础。

孟子既系唯心论者，以为心是万事万物之总汇。如曰：

恻隐之心，仁之端也；羞恶之心，义之端也；辞让之心，礼之端也；是非之心，智之端也。(《公孙丑上》)

仁义即是心治主义之基础。何谓仁？即系不忍之意。如曰：

是乃仁术也，见牛未见羊也。君子之于禽兽也，见其生不忍见其死，闻其声不忍食其肉，是以君子远庖厨也。(《梁惠王上》)

何谓义？即取舍得宜之意。如曰：

人皆有所不忍，达之于其所忍，仁也。人皆有所不为，达之于其所为，义也。人能充无欲害人之心，而仁不可胜用也。人能充无穿逾之心，而义不可胜用也。(《尽心下》)

仁与义是由心中发现端倪者，仁系义行取舍得宜之责任的标准，义系仁欲表现出来之手段。故曰：

> 仁，人心也。义，人路也。舍其路而弗由，放其心而不知求，哀哉！（《告子上》）

> 仁，人之安宅也。义，人之正路也。旷安宅而弗居，舍正路而不由，哀哉！（《离娄上》）

至其所云仁政尚不离保民之观念，正心之主张。如曰：

> 桀纣之失天下也，失其民也。失其民者，失其心也。得天下有道，得其民，斯得天下矣。得其民有道，得其心，斯得民矣。得其心有道，所欲与之聚之，所恶勿施尔也。（《离娄上》）

得天下要得民，即民权主义，得民要得心，即心治主义，得心须随民好恶，即为仁政也。

第五节　统一主义

孟子政治哲学上尚有一重要问题，即统一主义，因统一后方能保民，方能施行仁政。此实为孟子政治哲学上一大关键也。

> 孟子见梁襄王。出,语人曰:"望之不似人君,就之而不见所畏焉。卒然问曰:'天下恶乎定?'吾对曰:'定于一。''孰能一之?'对曰:'不嗜杀人者,能一之。''孰能与之?'对曰:'天下莫不与也。王知夫苗乎?七八月之间旱,则苗槁矣。天油然作云,沛然下雨,则苗勃然兴之矣。其如是,孰能御之?今夫天下之人牧,未有不嗜杀人者也。如有不嗜杀人者,则天下之民,皆引领而望之矣。诚如是也,民归之,由水之就下,沛然谁能御之?'"(《梁惠王上》)

国家治乱分合,若言及用兵,必须凭借武力,如汤之征葛,武之伐崇,但使用兵有道,深合时机,便可谓德。

统一则不免征伐,征伐则不免扰民,而孟子欲免除此祸患,故毅然立一完善之目标,即"不嗜杀人"一语。

至孟子之倡统一,亦因当时之国势所使然,后来秦虽能统一中国,而仍纷乱,推厥原因,皆嗜杀人,是孟子之言验矣。元许谦有言曰:

> 一之谓统天下为一家,正如秦汉之制,非谓如三代之王天下而封建也。此孟子见天下之势,而知其必至于此,非以术数谶纬而知之也。盖自太古立为君长,则封建之法行;黄

帝置大监，监于万国，夏会诸侯于涂山，执玉帛者亦万国；逮汤受命，其能存者三千余国，时云千八百国；至孟子时，相雄长国，只七国，下余小国，盖不足道也。自万国以至于七国，吞并之积，岂一朝一夕之故？今势既合，不可复分，终又并而为一，举天下郡县之而后已。至于秦汉，孟子之言即验。但秦犹嗜杀人，故虽一而不能定，至汉后定也。(《读孟子丛说》)

第六节　施行仁政之方式

第一项　施行仁政之方针

孟子主张行仁政，已于前数节述之矣。行仁政之方针如何？吾人不可不研究之。近人多以孟子同乐主义为行仁政之方针，兹从其说。孟子曰：

> 孟子见梁惠王。王立于沼上，顾鸿雁麋鹿，曰："贤者亦乐此乎？"孟子对曰："贤者而后乐此，不贤者虽有此不乐也。诗云：'经始灵台，经之营之。庶民攻之，不日成之。经始勿亟，庶民子来。王在灵囿，麀鹿攸伏。麀鹿濯濯，白鸟鹤鹤。王在灵沼，于牣鱼跃。'文王以民力为台为沼。而民欢乐之，谓其台曰灵台，谓其沼曰灵沼，乐其有麋鹿鱼鳖。古之人与民偕乐，故能乐也。"(《梁惠王上》)

又曰：

庄暴见孟子，曰："暴见于王，王语暴以好乐，暴未有以对也。"曰："好乐何如？"孟子曰："王之好乐甚，则齐国其庶几乎？"他日，见于王，曰："王尝语庄子以好乐，有诸？"王变乎色，曰："寡人非能好先王之乐也，直好世俗之乐耳。"曰："王之好乐甚，则齐其庶几乎？今之乐由古之乐也。"曰："可得闻欤？"曰："独乐乐，与人乐乐，孰乐？"曰："不若与人。"曰："与少乐乐，与众乐乐，孰乐？"曰："不若与众。""臣请为王言乐。今王鼓乐于此，百姓闻王钟鼓之声，管籥之音，举疾首蹙頞而相告曰：'吾王之好鼓乐，夫何使我至于此极也？父子不相见，兄弟妻子离散。'今王田猎于此，百姓闻王车马之音，见羽旄之美，举疾首蹙頞而相告曰：'吾王之好田猎，夫何使我至于此极也？父子不相见，兄弟妻子离散。'此无他，不与民同乐也。今王鼓乐于此，百姓闻王钟鼓之声，管籥之音，举欣欣然有喜色而相告曰：'吾王庶几无疾病与？何以能鼓乐也？'今王田猎于此，百姓闻王车马之音，见羽旄之美，举欣欣然有喜色而相告曰：'吾王庶几无疾病与？何以能田猎也？'此无他，与民同乐也。今王与百姓同乐，则王矣。"（《梁惠王下》）

孟子谓为民上而不与民同乐者为非，是则君固不可不与民同乐。但能与民同乐，不独可得真乐，尚可以王天下，岂非大利乎？元许谦称孟子此主义为利物之心，是谓孟子不尚利己，但愿万物皆有利于人，吾既为人类之一员，当然不能外人而独不利者。又曰：

齐宣王问曰："人皆谓我毁明堂，毁诸？已乎？"孟子对曰："夫明堂者，王者之堂也。王欲行王政，则勿毁之矣。"王曰："王政可得闻与？"对曰："昔者文王之治岐也，耕者九一，仕者世禄，关市讥而不征，泽梁无禁，罪人不孥。老而无妻曰鳏，老而无夫曰寡，老而无子曰独，幼而无父曰孤。此四者，天下之穷民而无告者。文王发政施仁，必先斯四者。《诗》云：'哿矣富人，哀此茕独。'"王曰："善哉言乎！"曰："王如善之，则何为不行？"王曰："寡人有疾，寡人好货。"对曰："昔者公刘好货。《诗》云：'乃积乃仓，乃裹糇粮，于橐于囊。思戢用光，弓矢斯张。干戈戚扬，爰方启行。'故居者有积仓，行者有裹粮也，然后可以爰方启行。王如好货，与百姓同之，于王何有？"王曰："寡人有疾，寡人好色。"对曰："昔者大王好色，爱厥妃。《诗》云：'古公亶父，来朝走马，率西水浒，至于岐下。爰及姜女，聿来胥宇。'当是时也，内无怨女，外无旷夫。王如好色，与百姓同之，于王何有？"（《梁惠王下》）

浅言之，好色不妨，好货不妨，好田猎不妨，好游玩不妨，好音乐亦不妨。但是好色时，须念国中有怨女、旷夫。好货时，须念国中穷人之饥寒。田猎游玩作乐时，须念国中百姓有父子不相见，兄弟妻子离散之痛苦。总之，须能善推其所为，须行仁政。

由同乐主义推测之，则孟子实非主张自私自利之利，而主张君与民同享快乐之乐，是含有大多数人最大幸福之意义者也。

近代哲学家如边沁（Jeremy Bentham，1748—1842）、约翰·穆勒（John Stuart Mill，1806—1873）等，主张普遍快乐说，与孟子同乐主义，有吻合之处。

边沁以为快乐之念，人之同情，人知快乐之可贵，其同情所及者，未尝不欲人人快乐也。故吾人所谓快乐者，不当以个人为目的，而当以人类一般之快乐为目的也。

穆勒稍变边沁之说，以为事之为善，视其所以徼福，事之为恶，视其所以构祸。故祸福者，苦乐之别也。乐有不同，有盈有谦，有贵有贱，人之涉世既深，饱受快乐之经验，而卒然毅然，舍此而就彼者，则其为乐，必为何贵，盖养其大体所得之乐，必盈于小体之所感受也。故乐之鹄的，非一己最大之福，乃群福最大之积也。简而言之，前者之说，即以为人生终局之目的，乃快乐也。特吾人所希望者，不仅个人之快乐，实在多数人之快乐。后者之说，即曰，幸福者，即善也。各个人之幸福，即各个人之善。一般之幸福，即各个人集合体之善也。

由是观之，边沁与穆勒莫不以最大多数为立行之鹄的，或道德的标准。此与孟子同乐主义庶几近之。

第二项　施行仁政之纲要

孟子行仁政之方针，采同乐主义，实因当时暴政横行，诸侯攻伐所致。若欲恢复百姓之元气，自不能不施行制产养民善教诸政策。兹举其纲领，列表如下。

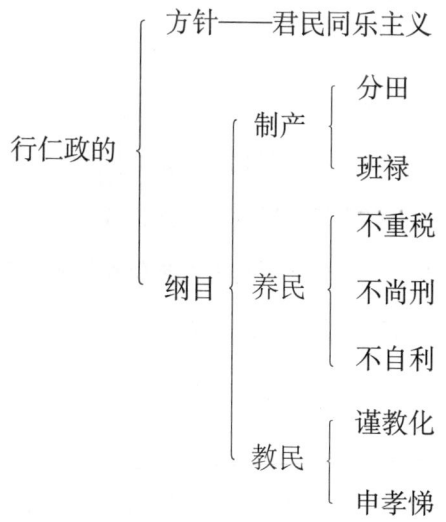

制产、分田、班禄等等属于经济哲学范围，特于下章专论之，兹不赘。

孟子政治上计划，不特使百姓皆有恒产，发展生计，并

且使彼辈消极地免去甚多意外之危害,此谓之养民也。如曰:

> 王如施仁政于民,省刑罚,薄税敛,深耕易耨……

便是此端,兹再述其养民的方法。

(甲) 不尚税 孟子既有养民主张,故反对尚税。当时诸侯好战,而所需均取自于民,是以人民憔悴,困苦万状。如曰:

> 今之诸侯,取之于民也,犹御也。(《万章下》)

又曰:

> 市,廛而不征,法而不廛,则天下之商,皆悦而愿藏于其市矣。关讥而不征,则天下之旅,皆悦而愿出于其路矣。耕者,助而不税,则天下之农,皆悦而愿耕于其野矣。廛,无夫里之布,则天下之民,皆悦而愿为之氓矣。信能行此五者,则邻国之民,仰之若父母矣。(《公孙丑上》)

孟子主张用助,使民助耕。至于贡法,因易使人君横征暴敛,故彼反对之。又孟子以为国家征民,须得取之有故,不似老子一味反对税赋也。

(乙) 不重刑 孟子为倡唯心论者,且又主张心治,自必趋于轻刑之一途。易言之，愿以道德为犯罪之裁制，不愿用刑罚为犯罪之处分。且道德之功效，尚可防患于未然，刑罚仅能阻止一时之为恶，无济于事也。

（丙）**不自利** 孟子既倡非功利主义，故反对自私自利，而主张大多数人之幸福。试观君主不自利，结果必能利人，于是泽梁无禁，农时不违，筑台凿池，与民同乐，百姓即能养生送死无憾矣。

其次再论及善教。孟子以为人皆可以为尧舜，而贤者亦不能立于愚人之前而指导之。实是以先觉之资格，尽觉民之责任，是教育事业为刻不容缓之事也。

第七节　非战主义

孟子最恶战，如曰：

> 争地以战，杀人盈野；争城以战，杀人盈城。此所谓率土地而食人肉。（《离娄上》）

> 凶年饥岁，君之民，老弱转乎沟壑，壮者散而之四方者，几千人矣。（《梁惠王下》）

> 今也不然：师行而粮食，饥者弗食，劳者弗息。睊睊胥谗，民乃作慝。方命虐民。饮食若流。流连荒亡，为诸侯忧。（《梁惠王下》）

此类语句，在《孟子》书中甚多，不能尽举。

凡国家多事，兵争无已，则人民之受其害，必深且剧，此古今中外之通例也。盖两军相持，服役行伍，身试锋镝者，人民也。负担税款者，亦人民也。是则人民之独蒙其害，势所必然。设又为专制之国，而遇强暴之君，则其为害，更有难言者。国家无事，强暴之君固已横征厚敛，朘削民膏；一遇军兴，国用愈大，安有不御民而取之者乎？窃以吾国战国时，正与此类。故孟子倡非战论颇为急烈。如曰：

善战者服上刑。（《离娄上》）

春秋无义战。（《尽心上》）

夫人必自侮，然后人侮之。家必自毁，然后人毁之。国必自伐，然后人伐之。（《离娄上》）

五霸者，三王之罪人也。今之诸侯，五霸之罪人也。今之大夫，今之诸侯之罪人也。（《告子下》）

盖非战即孟子保民政策之实际应用。孟子目睹周朝人民，非直接受服兵之痛苦，即间接受其因兵争而起之死亡丧乱流离转徙等惨祸。当时诸侯皆将所有之百姓，作为争权夺利之工具，故为孟子所痛恨也。

陈澧云：

孟子最恶战。曰:"民贼。"曰:"殃民。"曰:"糜烂其民。"曰:"大罪。"曰:"罪不容于死。"曰:"服上刑。"曰:"战胜然且不可。"曰:"焉用战。"然如何而可以不战乎?曰:"国家闲暇,及是时明其政刑,虽大国必畏之矣。""省刑罚,薄税敛,深耕易耨,壮者以暇日修其孝悌忠信,入以事其父兄,出以事其长上,可使制挺以挞秦楚之坚甲利兵矣。"(《东塾读书记》)

由此可见孟子之非战主义为施行其保民政策之唯一方法也。

孟子主非战,原因在保民,但遇必要时(如暴君施行不仁之政,则须救民于水火),亦得而战。故孟子之非战,只限于不行仁政之方面。如曰:

取之而燕民悦,则取之;古之人有行之者,武王是也。取之而燕民不悦,则勿取;古之人有行之者,文王是也。以万乘之国,伐万乘之国,箪食壶浆,以迎王师,岂有他哉?避水火也。如水益深,如火益热,亦运而已矣。(《梁惠王下》)

如此攻伐,必先征求该国民意,谓之为民而战亦无不可。又曰:

> 汤一征，自葛始。天下信之。东面而征，西夷怨。南面而征，北狄怨。曰："奚为后我？"民望之，若大旱之望云霓也。归市者不止，耕者不变。诛其君而吊其民，若时雨降。民大悦。(《梁惠王下》)

如此攻伐，其目的仅救民于水火之中，无他图也。

第六章 人生哲学

第一节 孟子人生哲学之根据

孟子之人生哲学，根据其性善论。盖性善论为孟子全部哲学之中心思想，亦其人生哲学之关键也。告子曰：生之谓性，其解性字本不误（其详见于前章，兹不赘述），孟子又别有积以经验之心理，归纳而得之曰："人皆有不忍人之心。……今人乍见孺子将入于井，皆有怵惕恻隐之心。非所以内交于孺子之父母也，非所以要誉于乡党朋友也，非恶其声而然也。……恻隐之心，仁之端也；羞恶之心，义之端也；辞让之心，礼之端也；是非之心，智之端也。"言仁义礼智之端，皆具于性，故性无不善也。其指出仁义礼智为固有，固有即良知也。孟子言良知亦必指出爱亲敬长。此为孟子人生哲学之根据。

第二节　孟子人生哲学之原则

吾人既明孟子人生哲学根据于其性善论，兹再叙其方法论。

第一项　扩充固有良知良能

良知良能，为人类所固有。著者于前章曾云：孟子所谓良知良能者，即是大人不失赤子之心。此赤子之心，以先天之本善，具于赤子之时，不论何时何地，皆能表现出之。……仍要赖教育修养之功，以扩充之。

孟子曰：

> 先王有不忍人之心，斯有不忍人之政。（《公孙丑上》）

不忍人之心，即性善也。先王之政，皆从此出也。由性善而扩充之为尧舜之徒，达则行先王之政，穷则守先王之道。又清代陈澧对于孟子所言"扩充"之义，论之甚精，其言曰：

> 孟子道性善，又言扩充。性善者，人之所以异于禽兽也。扩充者，人皆可以为尧舜也。人能充无欲害人之心，而仁不可胜用也。人能充无穿逾之心，而义不可胜用也。人能

充无受尔汝之实，无所往而不为义也。此三言充即扩充之充也。充实之谓美，亦即扩充之充也。此外扩充之义，触处皆是。亲亲敬长达之天下，扩充也。推恩而保四海，扩充也。集义，养气，尽心，知性，知天，扩充也。博学详说，增益不能，皆扩充也。(《东塾读书记》)

第二项　尚志

人之能建大功、立大绩，勋业卓著、声施烂然者，操何术以至此哉？夫亦曰基乎尚志而已。心志之刚毅者，不避艰辛，不惮劳苦，黾勉从事，勇往直前，故其一生有进无退，其所成就，较之才具敏妙者为尤多，何也？人纵天资卓荦，然苟无勇敢之气，则一遇觖望之时、危险之地，即不免志沮神丧，不能有为。若其强干自持、百挠不变，则虽颖敏不足，终必能达其成就之目的而后止。是故尚志者，品行之中心力也。孟子曰：

> 天将降大任于斯人也，必先苦其心志，劳其筋骨，饿其体肤，空乏其身，行拂乱其所为，所以动心忍性，曾益其所不能。(《告子下》)
> 古之人得志，泽加于民。不得志，修身见于世。穷则独善其身，达则兼善天下。(《尽心上》)

刚毅之心志，所以运用其精神，动作其肢体，以立真正希望之基础也。

第三项　养气

发挥其性所固有之善将奈何？孟子曰：

> 我善养吾浩然之气。……其为气也，至大至刚，以直养而无害，则塞于天地之间。其为气也，配义与道，无是馁也。（《公孙丑上》）

浩然之气者，形容其意志中笃信健行之状态也。其潜而为势力也甚静稳，其动而为作用也又甚活泼，盖即《中庸》之所谓诚。而自其动作之方面形容之，一言以蔽之，则仁义之功用而已。

第四项　尽心

人生在世，无论对何事物，必须尽心，自不能苟且敷衍了事。孟子曰：

> 尽其心者，知其性也。知其性，则知天也。存其心，养其性，所以事天也。（《尽心上》）

赵岐释之曰："性有仁义礼智之端，心以制之，人能尽极其心以思行善，则可谓知其性矣。"

第五项　求放心

蔡子民曰：人性既善，则常有动而之善之极，唯为欲所引，则往往放其良心而不顾。故曰，人岂无仁义之心哉？其所以放其良心者，亦犹斧斤之于木也，旦旦而伐之。虽然，已放之良心，非不可以复得也，人自不求之耳。故又曰，学问之道无他，求其放心而已矣。

第三节　孟子行为哲学

孟子之行为哲学（亦称伦理学）颇为复杂，兹略举纲要于下。

第一项　孝悌

孝者善事父母也，悌者相次第而生也。"孝悌也者，其为仁（通人）之本与。"孝悌实为儒家唯一之人本主义。盖人之令德为仁，仁之基本为爱，爱之源泉，在亲子之间，而尤以爱亲之情之发于孩提者为最早。故孔子以孝统摄诸行。言其常，曰养，曰敬，曰谕父母于道；于其没也，曰善继志述事。言其变，曰几谏；于其没也，曰干蛊。夫至以继志述事为孝，则一切修身齐家治国平天下之事，皆得统摄于其中矣。故曰，孝者,始于事亲,中于事君,终于立身。是亦由家长制度而演至伦理学说之一证也。

至孟子之伦理学说,注重于普遍之观念,而略于实行之方法。其言德行,亦以孝悌为本。曰:

> 孩提之童,无不知爱其亲者。及其长也,无不知敬其兄也。亲亲,仁也。敬长,义也。无他,达之天下也。(《尽心上》)

又曰:

> 仁之实,事亲是也。义之实,从兄是也。智之实,知斯二者弗去是也。礼之实,节文斯二者是也。乐之实,乐斯二者,乐则生矣,生则恶可已也,恶可已,则不知足之蹈之手之舞之。(《离娄上》)

又曰:

> 事孰为大?事亲为大。守孰为大?守身为大。不失其身,而能事其亲者,吾闻之矣。失其身,而能事其亲者,吾未之闻也。孰不为事,事亲,事之本也。孰不为守,守身,守之本也。曾子养曾皙,必有酒肉。将彻,必请所与。问有余,

必曰：有。曾皙死，曾元养曾子，必有酒肉。将彻，不请所与。问有余，曰：亡矣。将以复进也。此所谓养口体者也。若曾子，则可谓养志也。事亲若曾子者，可也。(《离娄上》)

又曰：

天下大悦而将归己。视天下悦而归己，犹草芥也。惟舜为然。不得乎亲，不可以为人。不顺乎亲，不可以为子。舜尽事亲之道，而瞽瞍厎豫。瞽瞍厎豫，而天下化。瞽瞍厎豫，而天下之为父子者定。此之谓大孝。(《离娄上》)

至于伦理与政治有互相关系，孟子道之颇详。

道在迩而求诸远，事在易而求诸难。人人亲其亲，长其长，而天下平。(《离娄上》)

尧舜之道，孝悌而已矣。(《告子下》)

第二项　义利

孟子定义利为人类行为之反对标准律，一切行为之动机，以义不以利，无许丝毫利己心夹于其间，是即义利分明之说，为孟子行为哲学中之最大特色者也。

孟子主性善，故以仁为本质，而道德之法则，即具于其

中。所以知其法则而使人行之各得其宜者,是为义,无义则不能行仁,即偶行之,而亦为无意识之动作。故曰:

> 仁,人心也。义,人路也。(《告子上》)

义与利之别为何?如曰:

> 鸡鸣而起,孳孳为善者,舜之徒也。鸡鸣而起,孳孳为利者,跖之徒也。欲知舜与跖之分,无他,利与善之间也。(《尽心上》)

义与利较孰为重要,然取义则舍利,取利则舍义,二者不可得兼。如曰:

> 鱼,我所欲也。熊掌,亦我所欲也。二者不可得兼,舍鱼而取熊掌者也。生,亦我所欲也。义,亦我所欲也。二者不可得兼,舍生而取义者也。生亦我所欲,所欲有甚于生者,故不为苟得也。死亦我所恶,所恶有甚于死者,故患有所不辟也。如使人之所欲,莫甚于生,则凡可以得生者,何不用也?使人之所恶,莫甚于死者,则凡可以辟患者,何不为也?由是则生,而有不用也。由是则可以辟患,而有不为也。是故所欲有甚于生者,所恶有甚于死者。非独贤者有是

心也，人皆有之，贤者能勿丧耳。一箪食，一豆羹，得之则生，弗得则死。呼尔而与之，行道之人弗受；蹴尔而与之，乞人不屑也。万钟则不辨礼义而受之，万钟于我何加焉。为宫室之美，妻妾之奉，所识穷乏者得我与？乡为身死而不受，今为宫室之美为之。乡为身死而不受，今为妻妾之奉为之。乡为身死而不受，今为所识穷乏者得我而为之。是亦不可以已乎？此之谓失其本心。（《告子上》）

利之弊如何，得利匪独有患及身，而尤连祸及于国，其关系重大可知。兹引《孟子》书中论此事之一段，以明利之得失。

宋牼将之楚。孟子遇于石丘，曰："先生将何之？"曰："吾闻秦楚构兵，我将见楚王说而罢之。楚王不悦，我将见秦王说而罢之。二王我将有所遇焉。"曰："轲也请无问其详，愿闻其指，说之将何如？"曰："我将言其不利也。"曰："先生之志则大矣，先生之号则不可。先生以利说秦楚之王，秦楚之王悦于利以罢三军之师，是三军之士乐罢而悦于利也。为人臣者，怀利以事其君。为人子者，怀利以事其父。为人弟者，怀利以事其兄。是君臣、父子、兄弟终去仁义，怀利以相接，然而不亡者，未之有也。先生以仁义说秦楚之王，秦楚之王悦于仁义而罢三军之师，是三军之士乐罢而悦于仁义也。为人臣者，怀仁义以事其君。为人子者，怀仁义以事其父。为人弟者，怀仁义以事其兄。是君臣父子兄弟去利，怀仁义以相接，然而不王者，未之有也。何必曰利？"（《告子下》）

又曰：

说大人则藐之，勿视其巍巍然。堂高数仞，榱题数尺，我得志，弗为也。食前方丈，待妾数百人，我得志，弗为也。般乐饮酒，驱骋田猎，后车千乘，我得志，弗为也。在彼者，皆我所不为也。在我者，皆古之制也。吾何畏彼哉？（《尽心下》）

曾文正公云：此章言内重则外自轻，亦必义利之介明乃能见此。厥后董仲舒"正其谊不谋其利，明其道不计其功"，张栻"无所为而为之"之说，皆源于孟子。

第三项　对人对己

孟子对于处世为人之方法，又示人以对人对己之态度。其对人之态度如何？如曰：

子路，人告之以有过则喜。禹闻善言则拜。大舜有大焉，善与人同。舍己从人，乐取于人以为善。自耕稼陶渔以至为帝，无非取于人者。取诸人以为善，是与人为善者也。故君子莫大乎与人为善。(《公孙丑上》)

又曰：

鲁欲使乐正子为政。孟子曰："吾闻之，喜而不寐。"公孙丑曰："乐正子强乎？"曰："否。""有知虑乎？"曰："否。""多闻识乎？"曰："否。""然则奚为喜而不寐？"曰："其为人也好善。""好善足乎？"曰："好善优于天下，而况鲁国乎？夫苟好善，则四海之内，皆将轻千里而来，告之以善。夫苟不好善，则人将曰：訑訑，予既已知之矣。訑訑之声音颜色，距人于千里之外。士止于千里之外，则谗谄面谀之人至矣。与谗谄面谀之人居，国欲治可得乎？"(《告子下》)

又曰：

言近而指远者，善言也；守约而施博者，善道也。君子之言也，不下带而道存焉。君子之守，修其身而天下平。人病舍其田而芸人之田。所求于人者重，而所以自任者轻。(《尽心下》)

人之患，在好为人师。(《离娄上》)

不敢言人之不善，不敢为人师，是其对人纯取谦虚态度者也。

至其对己态度如何？如曰：

不仁者，可与言哉？安其危，而利其灾，乐其所以亡者。不仁而可与言，则何亡国败家之有！有孺子歌曰："沧浪之水清兮，可以濯我缨；沧浪之水浊兮，可以濯我足。"孔子曰："小子听之，清斯濯缨，浊斯濯足矣，自取之也。"夫人必自侮，然后人侮之。家必自毁，然后人毁之。国必自伐，然后人伐之。《太甲》曰："天作孽，犹可违。自作孽，不可活。"此之谓也。(《离娄上》)

又曰：

自暴者不可与有言也。自弃者不可与有为也。言非礼义，谓之自暴也。吾身不能居仁由义，谓之自弃也。仁，人之安宅也。义，人之正路也。旷安宅而弗居，舍正路而不由，哀哉！(《离娄上》)

又曰：

矢人岂不仁于函人哉？矢人惟恐不伤人，函人惟恐伤人。巫匠亦然。故术不可不慎也。孔子曰："里仁为美，择不处仁，焉得智？"夫仁，天之尊爵也，人之安宅也。莫之御而不仁，是不智也。不仁不智，无礼无义，人役也。人役而耻为役，由弓人而耻为弓，矢人而耻为矢也。如耻之，莫如为仁。仁者如射。射者正己而后发。发而不中，不怨胜己者，反求诸己而已矣。（《公孙丑上》）

又曰：

君子所以异于人者，以其存心也。君子以仁存心，以礼存心。仁者爱人，有礼者敬人。爱人者，人恒爱之。敬人者，人恒敬之。有人于此，其待我以横逆，则君子必自反也：我必不仁也，必无礼也，此物奚宜至哉？其自反而仁矣，自反而有礼矣，其横逆由是也，君子必自反也：我必不忠。自反而忠矣，其横逆由是也，君子曰：此亦妄人也已矣，如此，则与禽兽奚择哉？于禽兽又何难焉？是故君子有终身之忧，无一朝之患也。乃若所忧，则有之：舜人也，我亦人也。舜为法于天下，可传于后世，我由未免为乡人也。是则可忧也。忧之如何？如舜而已矣。若夫君子所患，则亡矣。非仁无为也，非礼无行也。如有一朝之患，则君子不患矣。（《离娄下》）

"行有不得者，则反求诸己。"人待之以横逆，则必自反曰："我必不仁也，我必无礼也，我必不忠。是其对己纯取忏悔态度者也。自反而仁矣，而有礼矣，而忠矣，人待之以横逆如故也，乃曰：'是妄人也，与妄人又何难焉。'"则又取不抵抗态度者也。盖其伟大之精神，终日以不若舜为忧，何暇与常人较鸡虫琐屑哉？故能成其伟大之人格。

第四项　大丈夫

各家各立有理想的标准人物。道家以为实行道德之模范者，恒谓之真人。墨家则谓之贤者。至儒家则谓之君子，或谓之士。孔子曰："君子有三畏。畏天命，畏大人，畏圣人之言。"曰："君子有三戒。少之时，血气未定，戒之在色。及其壮也，血气方刚，戒之在斗。及其老也，血气既衰，戒之在得。"曰："志士仁人，无求生以害仁，有杀身以成仁。"其所言多与舜、禹、皋陶之言相出入，而条理较详。要其标准，则不外古昔相传执中之义焉。至孟子对实行道德之人格者，又别以大丈夫代表之（有时亦称君子）。其所谓大丈夫者，以浩然之气为本，严取与出处之界，仰不愧于天，俯不怍于人，不为外界非道非义之势力所左右，即遇困厄，亦且引以为磨炼身心之药石，而不以挫其志。盖应时势之需要，而论及义勇之价值及效用者也。其言曰：

说大人则藐之,勿视其巍巍然。……在彼者,皆我所不为也。在我者,皆古之制也。吾何畏彼哉?(《尽心下》)

又曰:

居天下之广居,立天下之正位,行天下之大道;得志与民由之,不得志独行其道;富贵不能淫,贫贱不能移,威武不能屈,此之谓大丈夫。(《滕文公下》)

又曰:

天将降大任于斯人也,必先苦其心志,劳其筋骨,饿其体肤,空乏其身,行拂乱其所为,所以动心忍性,曾益其所不能。(《告子下》)

又曰:

广土众民,君子欲之,所乐不存焉。中天下而立,定四海之民,君子乐之,所性不存焉。君子所性,虽大行不加焉,虽穷居不损焉,分定故也。君子所性,仁义礼智根于心,其生色也睟然,见于面,盎于背,施于四体,四体不言而喻。(《尽心上》)

君子有三乐，而王天下不与存焉。父母俱存，兄弟无故，一乐也。仰不愧于天，俯不怍于人，二乐也。得天下英才而教育之，三乐也。君子有三乐，而王天下不与存焉。(《尽心上》)

观此足见孟子之胸襟矣。

第七章 经济哲学

第一节 制产之必要

孟子以当时人民憔悴,达于极点,故救济之法,先之以民生主义,从物质救济起,而后及于精神救济,主先富后教之义也。

孟子对梁、齐、邹等国君云:

> 父母冻饿,兄弟妻子离散。(《梁惠王上》)
> 乐岁终身苦,凶年不免于死亡。(《梁惠王上》)
> 凶年饥岁,君之民,老弱转乎沟壑,壮者散而之四方者,几千人矣。(《梁惠王下》)

此即食饭问题,比任何问题皆重要。例如彼与梁惠主及齐宣王先后言政，皆曰：

> 五亩之宅，树之以桑，五十者可以衣帛矣。鸡豚狗彘之畜，无失其时，七十者可以食肉矣。百亩之田，勿夺其时，数口之家可以无饥矣。谨庠序之教，申之以孝悌之义，颁白者不负戴于道路矣。七十者衣帛食肉，黎民不饥不寒，然而不王者，未之有也。(《梁惠王上》)

是知孟子救民之方，先使其得肉体上之安，而后得精神上之乐，故其第一办法，即为制民之产。如曰：

> 民事不可缓也。……民之为道也，有恒产者有恒心，无恒产者无恒心，苟无恒心，放辟邪侈，无不为已。(《滕文公上》)

又曰：

> 无恒产而有恒心者，惟士为能。若民，则无恒产，因无恒心。苟无恒心，放辟邪侈，无不为已。……是故明君制民之产，必使仰足以事父母，俯足以畜妻子，乐岁终身饱，凶年免于死亡。然后驱而之善，故民之从之也轻。(《梁惠王上》)

孟子的社会伦理观，是先从物质的生活，讲到精神的生活。他认定大多数人不能叫他忍着饿来做好人的。这个见解，颇似马克斯所说："不是人类的良心支配他的生活，乃是人类社会的生活，支配他的良心。"但马克斯一派人，有时说得过分，看成人类心理的变化，完全听命于他的环境；什么人都只有被动地适应，没有自动地适应。又且看重了物质的生活，就不大理精神的生活。孟子却说也有不为环境所限的人，"无恒产而有恒心"。但可惜只是少数。大多数的人，能受善良的教育，却要等他们有了饭食，是"衣食足而后知荣辱"的政策。孟子的书，通是先讲社会经济问题，然后讲教育问题的，没有讲教先过养的。后来儒家却顺口说个教养，倒了次序，不是孟子的意思。孟子眼见当时贫民没有饭食许多惨状。他虽然骂邹穆公的有司不告诉人君，"上慢而残下"，但是他自己也只一次请齐发棠，不肯再为冯妇，子产以其乘舆济人于溱洧，就说他"惠而不知为政"，足见那不普遍的慈善事业，与那增长人倚赖心事的贫救济，孟子都是不取。他的计划，是根本解决的、普遍的，是要一般人民有一定的产业来做生活，他的办法，就是恢复井田的制度。如曰：

夫仁政必自经界始。经界不正，井地不钧，谷禄不平。是故暴君污吏，必慢其经界。经界既正，分田制禄，可坐而定也。……请野九一而助，国中什一使自赋，卿以下必有圭田，圭田五十亩，余夫二十五亩。……方里而井，井九百亩，其中为公田，八家皆私百亩，同养公田。(《滕文公上》)

夫行井田之制，则民有定产，自食其力。田有定分，则豪强不能兼并；赋有定法，则贪暴不能多取。况夫井田制度，土地当为公有，计口授田，可免有田不耕，及无田可耕之弊。且也，是时农业较为发达，已成为社会上之要素，此制果实行，则多数平民生计之困苦得以救济，而社会问题，因之而解决者，什之八九矣。

第二节　井田制度

中国古代井田之制，即现世社会主义家所谓之土地公有法。宋代人有欲买地一方，试行井田，以期复古，世多笑其迂阔者。岂知最近之社会主义者，穷思极虑发表土地公有之主张，乃适与吾国三千年前井田之制，若合符节欤。虽时代相距甚远，内容多有不同，应随时代思潮而改变，不过土地公有之主张，在西方为创始，而在中国已为复古者也。吾国自古以来，以农立国，如采用社会主义大农的制度，以最新的科学方法，使农具籽种，与夫耕植肥壅之法，一一改良，农产之富可以供给世界，可预测也。

孟子为提倡井田制者，其所处之时代混乱异常，贫富阶级之悬殊，诚如太史公所云"……庶人之富者，或累巨万，而贫者或不厌糟糠"之景象，不平殊甚。故孟子引阳虎之言："为富不仁矣，为仁不富矣。"但孟子决非空谈高阔者，一面想出社会政策以解决社会的一切问题焉。

集产主义（Collectivism）为社会主义中之一种调和派，要旨即是社会一切之生产具（土地、资本）收归公有，而各个人所生产物全属私有。孟子所提倡之社会政策（井田制度），察其内容，多有与集产主义相仿佛。如今将井田制度之概要，分述如下。

第一项　井田制之起源

吾国井田之古制，将全国之田，统划为井字形。据《传记》所云，乃始于黄帝。井田之制成，未遑改变。故经唐、虞、三代仅有加以修正。及至战国，为李悝、商鞅辈所破坏无遗矣。梁任公对于井田制之起源，论之甚精，兹略引之。吾侪所最欲知者，古代田制（或关于应用土地之习惯）变迁之迹何如。凡社会在猎牧时代，其土地必为全部落人所公有，如现在蒙古、青海，皆以"某盟某旗牧地"为区域名称，即其遗影也。盖猎牧非广场不可，故地只能公用而无所谓私有。及初进为农耕时，则亦因其旧制，以可耕之地为全族共同产业，《周颂》云：

> 贻我来牟，帝命率育，无此疆尔界。（《诗·思文》）

此诗歌颂后稷功德，言上帝所赐之麦种，普遍播殖，无彼我疆界之分。最古之土地制度盖如是。其后部落渐进为国家，则将此观念扩大，认土地为国有。故曰：

> 普天之下，莫非王土。（《诗·北山》）

此种国有土地，人民以何种形式使用之耶？据孟子云：

> 夏后氏五十而贡，殷人七十而助，周人百亩而彻。（《滕文公上》）

孟子所说，是否为历史上之事实，虽未敢尽信。但吾侪所能以情理揣度者：一、农耕既兴以后，农民对于土地所下之劳力，恒希望其继续报酬。故不能如猎牧时代土地之纯属公用，必须划出某处面积属于某人或某家之使用权。二、当时地广人稀，有能耕之人，则必有可耕之田。故每人或每家有专用之田五七十亩乃至百亩，其事为可能。三、古代部落各因其俗，宜以自然发展，制度断不能划一。夏、殷、周三朝，各千年，世长其土，自应有其各异之田制。以此三事，故吾认孟子之说为比较的可信。即根据之以研究此三种田制之内容何如：

（甲）贡 贡者，人民使用此土地，而将土地所产之利益，输纳其一部分于公家也。据孟子所说，则其特色在"校数岁之中以为常"，而立一定额焉。据《禹贡》所记，则其所纳农产品之种类，亦因地而殊。所谓"百里赋纳总，二百里纳铚，三百里纳秸服，四百里粟，五百里米"是也。《禹贡》又将"田"与"赋"各分为九等，而规定其税率高下。孟子所谓"贡制"，殆兼指此。但此种课税法，似须土地所有权确立以后始能发生。是否为夏禹时代所曾行，吾不敢言。所敢言者，孟子以前，必已有某时代某国家曾用此制耳。

朱晦庵云："一夫受田五十亩，而每夫计其五亩之入以为贡。"

黄葵峰云："五十者，每夫各授田五十亩也。令民即于所授田五十亩中，每年以五亩之税贡上也。"陈顾远按曰：一夫每年所贡是计五亩之入，不是仅以五亩之税贡上，因在当时只有赋，没有税，其说是靠不住的。那么，夏时每人授田五十亩，由五十亩中取其十分之一所入（计五亩之入）以贡上，田制以一夫所授的田作单位，没有公田可言。所以夏时，就不是井田制度。

（乙）助 孟子释助字之义云："助者，借也。"其述助制云："方里而井，井九百亩，其中为公田，八家皆私百亩，同养公田。"此或是孟子理想之制度，古代未必能如此整齐划一。

且其制度是否确为殷代所曾行，是否确为殷代所专有，皆不可知。要之古代各种复杂纷歧之土地习惯中，必曾有一种焉，在各区耕地面积内，划中一部分为"公田"，而借人民之力以耕之，此种组织，名之为助。有公田，则助之特色也。公田对私田而言，《夏小正》云："初服于公田。"《诗》云："雨我公田，遂及我私。"（《大田》）据此则公田之制，为商周间人所习见而共晓矣。土地一部分充公家使用，一部分充私家使用。私人即以助耕公田之劳力代租税，则助之义也。

朱晦庵云："商人始为井田之制，以六百三十亩之地，划为九区，区七十亩，中为公田，其外八家，各授一区，但借其力，以助耕公田，而不复税其私田。"黄葵峰云："七十者，每夫各授私田七十亩，又共受公田七十亩也。助者，八夫各出通力以助耕公田，每年惟据公田七十亩所登之谷，而收之于官也。"可知一夫授田是七十亩，一夫耕田却是七十八亩又七五；算起来，恰是从九分里头取去一分，归国家，因在私田之外助耕而得，所以名曰助法。后儒误于孟子"其实皆什一也"之言，将九一说是指田之区数，理固可通，但怎样来解说田之亩数呢？朱熹亦未说得明白。

（丙）彻　《诗》"彻田为粮"（《公刘》）所咏为公刘时事，似周人当夏商时已有行彻制者。彻法如何？孟子无说。但彼又言"文王治岐，耕者九一"，意谓耕者之所入九分而取其一，殆即所谓彻也。孟子此言，当非杜撰。盖征诸《论语》所记："哀公问有若曰：'年饥用不足，如之何？'有若对曰：'盍彻乎？'公曰：'二吾犹不足，如之何其彻也？'……"可见彻确为九分或十分取其一。鲁哀公时已倍取之，故曰："二吾犹不足。"二对一言也。观哀公有若问答之直捷，可知彻制之内容，在春秋时尚人人能了解。今则书阙有间，其与贡助不同之点安在？竟无从知之。《国语》记："季康子欲以田赋，使冉有访诸仲尼，仲尼不对。私于冉有曰：'……先王制土，借田以力，而砥其远近。……若子季孙欲其法也，则有周公之借矣。'……"借田以力则似助，砥其远近则似贡。此所说若即彻法，则似贡助混合之制也。此法周人在邠岐时，盖习行之，其克商有天下之后，是否继续，吾未敢言。

朱晦庵云："周时一夫受田百亩。乡遂用贡法，十夫有沟。都用助法，八家同井。耕则通力而作，收则计亩而分，故谓之彻。"黄葵峰云："百亩者，八夫各授私田百亩，又共授公田百亩也。彻者，八家通出其力，以合作公田，惟据益田百亩所登之谷，而收之于官也。"两说俱误。陈顾远云："考'彻'字有'通'字的意思，和'去'字的解释。'通'和'去'在现时很不相同，然古时当无大异。所以孟子只说'彻者，彻也'，可见'彻'和'通'和'去'字义上原没有多大分别。那么，彻的意思，大约是指把井田制度取消而通之为散地，每夫受田百亩，没有公田。这彻字起初或作为动词用，后又变动词为名词，成为一种制度上的称号了。"

贡助彻表：

夏		
五十	五十	五十
五十		五十
五十	五十	五十

殷		
七十	七十	七十
七十		七十
七十	七十	七十

周		
百	百	百
百		百
百	百	百

都是中央为公田，四边为民田，八家合力共种中央的公田，算是完粮，作为政府官吏的俸禄。

〔说明〕夏后氏五十而贡，殷人七十而助，周人百亩而彻，其实皆什一也。彻者，彻也。助者，借也。（三代丈尺大小不同，所以亩数不同。其实中央政府与民间分摊粮米，都是占十分之一，人民九分，政府一分，大致如此。）

据此种极贫乏且蒙混之史料以从事推论：大抵三代之时，原则上土地所有权属于国家，而使用权则耕者享之。国家对于耕者，征输其地力所产什之一或九之一。此所征者，纯属公法上之义务而非私法上之酬偿。除国家外，无论何人，对于土地，只能使用，不能"所有"也。然而使用权享之既久，则其性质亦渐与所有权逼近矣。故谓古代凡能耕之民，即能"所有"其土地使用权，亦无不可。换言之，则谓土地私有制在事实上已成立，亦无不可。唯使用权是否可以买卖，史籍中无明文可考，在此事未得确证以前，未可遽认私有制为完全存在也。

第二项　井田制施行之目的

至周幽王时，助法仍未废除，故《诗》有"大田"之讽刺，孟子有"虽周亦助"之语。嗣后因生齿渐繁，田或不足分配，遂彻井制，通为散田。如是诸侯嫌原有九百亩中，有一百亩之收入，如今短少十亩，便不以为然，而百姓或私其丰饶，上有瘠薄，更惹起诸侯之恶感，故鲁宣公便躬行田亩，取其十亩之最丰饶以为例。从兹彻法大坏，强梁兼并，变为战国时之贡法。龙子曰："贡者，校数岁之中以为常。乐岁，粒米狼戾，多取之而不为虐，则寡取之。凶年，粪其田而不足，则必取盈焉。为民父母，使民盼盼然，将终岁勤动，不得以养其父母，又称贷而益之，使老稚转乎沟壑，恶在其为民父母也。"绝非夏代之贡法。田制既坏到如此，人民困苦颠连，生活上先受极大之障碍，焉能去讲求伦理乎？故孟子以为如教民以学，先必定使人民得相当之生活才好。不然，"此惟救死而恐不赡，奚暇治礼义哉？"如曰：

　　……有恒产者有恒心，无恒产者无恒心。苟无恒心，放辟邪侈，无不为已。及陷乎罪，然后从而刑之，是罔民也。……（《滕文公上》）

此表明使人人皆得饱食暖衣，方可施以教育焉。

第三项　井田制施行前之预备

在施行井田制以前，最要紧之手续预备，即先将地土测量，划定界限分配，方免于混乱慢界之弊病。孟子曰：

> 夫仁政必自经界始。经界不正，井地不钧，谷禄不平。是故暴君污吏，必慢其经界。经界既正，分田制禄，可坐而定也。（《滕文公上》）

可知当时治地分田之法，早已不修。强梁得以兼并，致赋无定则，贪暴任意多取。是以孟子方欲改变田制。任启运云："孟子大意，只要正经界，以除兼并之弊。行助法，以去岁取盈之弊。二语尽之。"诚非虚语也。

第四项　井田制之分配

井田制如何分配？孟子言之綦详。如曰：

> 方里而井，井九百亩。（《滕文公上》）

就是一方里的田，中间分作九分，便成为一井字了。每分中有一百亩。此百亩与彼百亩间，有水道分之，名为遂。遂旁之路为径。此井与彼井间有水道分之，名为沟。沟旁之路为畛。

现在将《周官·匠人》一节，记之于下。《匠人》云：

> 匠人为沟洫。耜广五寸，二耜为耦，一耦之伐，广尺深尺，谓之畎（此亩间最小的水道）。田首倍之，广二尺，深二尺，谓之遂（此百亩间水道）。九夫为井，井间广四尺，深四尺，谓之沟。方十里为成，成间广八尺，深八尺，谓之洫。方百里为同，同间广二寻，深二仞，谓之浍。专达于川。

依上文所记，一同的田，共有九万亩，这九万亩，都以一井为起点，合成一百井，直似棋局一样。由最小的畎，至最大的浍，水道分明，这水道旁边都有路（见下《遂人》），真像棋局上的黑格一样。此种田制，实觉奇异无比。但近代新大陆之美国，其划分州县乡村，亦作整齐之方格，正与吾国古代相同。

有人说地面上不少山陵川谷，怎能一概划井呢？其实划井在平原旷野中，遇着山陵川谷，当然要变通的。所以《周官》有《匠人》之制，是划井的；又有《遂人》之制，是不划井的。吾人再阅《周官·遂人》一节云：

> 凡治野，夫间有遂，遂上有径。十夫有沟，沟上有畛。

百夫有洫，洫上有涂。千夫有浍，浍上有道。万夫有川，川上有路，以达于几。

《匠人》是说水道，《遂人》是说陆路。《匠人》以一井九夫起数，《遂人》以十夫起数。倘然全国都是井田，那么是一井另一夫，怎可以起数呢？所以《匠人》是划井的，《遂人》是不划井的。为什么不划井，就是遇着山陵川谷，以及畸零不整之地亩，只能如此。但此畸零不整之地，可作为别用。

以上古代田制划井之法，与孟子理想井田制虽有些少未合之处，然亦能互相发明。

如今再讲土地国有之法：

原来古代没有寸地尺土，是个人的产业，不属于国有的。这个国有的国，便是民族的国，并非君有。君是主权所托，故以分田之任归之。分田亦称授田，其在下之辞，则称受田，所谓"一夫一妇，受田百亩"，以男统女，故百亩亦称"一夫之地"。省言之，便是"一夫"亦称"夫"。（见上《周官》）夫不许受百亩以外之田，亦无无田之夫，此古代田制为平等公有者焉。

进而言之，一夫一妇，既受了田一百亩，这百亩即是一井中九分之一，成为一家，一井除去中间百亩外，这样的家，还有七个。合之所谓"八家同井"是也。留出中间百亩，作什么用？这是公田。公田的收获，归作国用，便是什一之税。公田什么人耕种？八家共同耕种。孟子曰：

> 卿以下必有圭田，圭田五十亩，余夫二十五亩。死徙无出乡，乡田同井。……方里而井，井九百亩，其中为公田，八家皆私百亩，同养公田。公事毕，然后敢治私事。……（《滕文公上》）

是八家在未耕种私田前，先须共同耕种公田，公事毕，方可顾及私田。又在私田里抽出二十五亩给未成年的人，一方面可以减去每家的担负，而公田里又抽出五十亩作为圭田，给卿大夫的。

孟子提倡井田制，一方面使人民皆得相当之恒产后，再施以伦理之教育，一方面使人民养成"出入相友，守望相助，疾病相扶持"之互助精神。故土地国有之制度，经过数千年，所谓"君子贤其贤而亲其亲，小人乐其乐而利其利"，成为当日之太平世界焉。

第三节　世禄制度

世禄制度始终周世，与井田制度相表里。凡为官者，既有官治的职务，不能与民并耕而食，故禄以代之。禄之所出，即从公田。但禄有常制，弗能任意多取。助法在幽王时尚未全废，故世禄在当时无有流弊。及至井法大坏，卿大夫等食禄，亦慢其经界，勒索民产。孟子曰：

> 夫世禄，滕固行之矣。（《滕文公上》）

为官者之禄既定，然为奖励勤勉起见，于世禄常制外又设圭田。此圭田并非别立，即在公田之中。不过公家愿抛其收益权，转与大人士等私人而已。

第四节　价值论

孟子经济哲学中之一特色，即先哲素所忽视之价值论。彼之价值论，是认每一物件之本身，附有相当之价格，不受外界任何影响耳。但在经济思想未有发达之古代，大概偏重伦理哲学。一切行为，莫不受道德之支配。寡欲为彼辈唯一之信条，公正为彼辈唯一之标准。价值欲望说，自为彼辈所梦想不到，亦为彼辈所抨击也。要而言之，孟子之价值论，系根据客观的，不是主观的，是物质本身，不是欲望支配的。如曰：

> 夫物之不齐，物之情也。或相倍蓰，或相什百，或相千万。子比而同之，是乱天下也。巨屦小屦同贾，人岂为之哉？……

第五节　职业分工问题

职业分工问题，于吾国古代实现最早，且为一般先哲所注意。尤其是儒家起初最简单之分工，即士、农、工、商四种。嗣后经济、政治、社会愈发达，分工亦愈复杂矣。

孟子驳许行之言曰：

> 百工之事，固不可耕且为也。然则治天下，独可耕且为与？有大人之事，有小人之事。且一人之身，而百工之所为备，如必自为而后用之，是率天下而路也。故曰："或劳心，或劳力。劳心者治人，劳力者治于人。治于人者食人，治人者食于人。"（《滕文公上》）

孟子之政治论，就从他经济分工之主义而来，为什么要有治者和被治者的阶级呢？是因为要分工的缘故。分工还有交易，方才见得分工的好处；交易要讲物的价格，就使以人工为本位。如果工多工少都不管他，就和分工的道理不对。强着工多的同工少的一样受报酬，人家总不甘心。孟子以许行既承认分工，就应该不反对劳心劳力的分别。既然计及布帛的长短、麻缕丝絮的轻重、五谷的多寡、屦的大小，有个"数"和"量"的分别，就应该计他的美恶精粗"质"的分别，还要晓得他何以相倍蓰相什百的缘故。有这许多分别，交易的事，当然不能照许行说得那样简单了。

孟子关于分工之理，又曰：

> 子不通工易事，以羡补不足，则农有余粟，女有余布。子如通之，则梓匠轮舆，皆得食于子。于此有人焉，入则孝，出则悌，守先王之道，以待后之学者，而不得食于子，子何尊梓匠轮舆而轻为仁义者哉？……有人于此，毁瓦画墁，其志将以求食也，则子食之乎？曰：否。曰：然则子非食志也，食功也。（《滕文公下》）
>
> 君子居是国也，其君用之，则安富尊荣。其子弟从之，则孝悌忠信。不素餐兮，孰大于是？（《尽心上》）
>
> 陶以寡，且不可以为国，况无君子乎？（《告子下》）
>
> 无君子莫治野人，无野人莫养君子。（《滕文公上》）

陈相引许行之主张，伸说其无政府之理，孟子驳之，从经济贸易上，证有政府之理。

孟子对于生产之主张，与鲁意布兰（Louis Blanc）之主各尽所能略同，唯对于分配之法，则与圣西门（Saint Simon）认禀性上智愚能否之不齐，比例各人之劳动以分配之主义相近。孟子认定劳力与劳心，同是劳作，均为社会之所需。劳力是肉体上之劳作，劳心是精神上劳作，皆是生产之分工。劳力之人，社会固赖之而有生活；而劳心之人，如学者、思想家、美术家、音乐家，则社会赖之而有发达，有进化，有精神之娱乐。此经济学之所以分出一种无形财货之生产者也。

第六节　自由贸易主义

战国时代之商业，已经从物物交换时代，进化到货币交易之时期矣。《孟子》书关于货币之记载，已数见不鲜，而最足证明者，即所云：

> 古之为市者，以其所有，易其所无者。(《公孙丑下》)

从此句着想，可断定彼时代决非物物交换之时代，必定有所谓交易之媒介(货币)居在其间，否则何不用"古之为市者"之"古"字。不过当时商业组织异常简单，无现代所谓"掮客"、进出口商、转运商、钱商等行业。因甲地之出产品运到乙地去兜售，除非生产者本身一同去，决不会有第二者出来运者。孟子自由贸易之主张，在当时，不外乎两层问题：

(甲) 人口问题　　国不征税，别国商人皆要到此国行商，因此可增加人口。

(乙) 财富问题　　国不征税，别国之生产皆要齐集此国市场上兜售，因此可以增加国内财富。

故曰：

市，廛而不征，法而不廛，则天下之商，皆悦而愿藏于其市矣。(《公孙丑上》)

第七节　移民政策

战国时代之各国，多半以人口减少为患，极力欲移民。当孟子见梁惠王时，王即与彼讨论移民政策，曰："……邻国之民不加少，寡人之民不加多，何也？"孟子即以交战之比喻言于王，并谓："王知如此，则无望民之多于邻国也。"但孟子对于移民政策非绝对不谈者，不过觉梁惠王所定之方法，非根本之政策而已。而孟子所主张之移民政策，以一"仁"字为基点，然后从此点发挥，使人口能自然增加耳。如曰：

今王发政施仁，使天下仕者，皆欲立于王之朝；耕者，皆欲耕于王之野；商贾，皆欲藏于王之市；行旅，皆欲出于王之涂；天下之欲疾其君者，皆欲赴诉于王。其若是，孰能御之？(《梁惠王上》)

第八章 重农主义

中国以农立国，为人人所公认。创斯业者，虽有神农尝试百草之举，后稷教民稼穑之事，但能将农业之原理与方法，详细阐明之，则甚鲜其人。有之，则厥推孟子。

孟子重农主义，提倡不遗余力，试观其对梁惠王、齐宣王、滕文公诸人谈于政，处处皆以农业为前提；而其所主张之井田制度，尤为施行农业之唯一工具。谓之为农业的社会主义，亦无不可。关于井田制已详于前章，兹不再论。

第一节 重农原理

孟子之重农原理，简言之，有下列之四种。

第一，在战国时代，连年大战，人民可算是贫穷极了，其重大原因是因为国民的生产事业受影响。那时生产事业有些什么呢？完全以农业为主体。吾人从《诗经》《左传》《国语》《国策》，所见当时生活之状态：问大夫之家以牛马对，问士人之家以鸡犬对；所领的俸禄是公田，祭祀所取的从圭田等事，就可知了。当时制帛制葛等工业，俱是农产制造，虽谓齐有鱼盐之利，蜀有丹砂之矿，然是少数。所以孟子为救济当时社会不安现象计，只有从当时占生产界中主要部分的农业下手。此是从经济上面看来提倡农业之原因。

第二，儒家所注重的是礼了。然而礼这个东西，不单是从精神方面（内的方面）所能表示的，尚须要靠物质方面（外的方面）。假使没有外面的形式以表示，那就不成其为礼了。例如人死了，为子的纵然哀痛过恒，然而没有衣衾棺椁来埋藏之，在儒家看来算是礼未尽完。又如常人吊贺之间，这是儒家极注意的，然而任你口里如何表示同情，一点礼物没有，这是不对的。我们翻开一部《仪礼》，什么牺牲粢盛、衣衾棺椁等物皆充塞了。这些事物皆从农业得来的，有了农业才有这些事物，有了这些事物，才可以有礼仪。在儒家因为须实行其礼治主义，故不能不将产生原料之事业极力提倡之。孟子曰：

> 谷与鱼鳖不可胜食，材木不可胜用，是使民养生丧死无憾也。养生丧死无憾，王道之始也。（《梁惠王上》）

即系此意。此是孟子从礼教上面看来提倡农业之原因。

第三，穷则独善其身，达则兼善天下。斯言为儒家心理所常保持之，只要有能在政治上活动之时机，彼辈必去尝试，故孔孟之周游列国，荀子之于齐于楚，皆抱此宗旨。彼辈所采之手段虽各有不同，然目标则一，即"王道"。"王道"二字定义甚宽泛而且玄妙者，即谓"王者所行正道也"，又以"平正之义"为标准。兹将孟子所拟进到"王道"之方策略述之。

> 五亩之宅，树之以桑，五十者可以衣帛矣。鸡豚狗彘之畜，无失其时，七十者可以食肉矣。百亩之田，勿夺其时，数口之家可以无饥矣。谨庠序之教，申之以孝悌之义，颁白者不负戴于道路矣。七十者衣帛食肉，黎民不饥不寒，然而不王者，未之有也。(《梁惠王上》)

此数语明白宣示吾人曰，要想社会安宁，以达"王道"之目的，首先须将人民的生活问题解决，即是须提倡农业。因农业为当时衣食住之策，及至人民有完备之生活，才施以适当之教化百姓。有知识，有礼义，永久和平矣。要而言之，孟子以为百姓衣食住三项完备后，方可讲礼教。故曰：

> 无恒产而有恒心者，惟士为能。若民，则无恒产，因无恒心。苟无恒心，放辟邪侈，无不为己。及陷于罪，然后从而刑之，是罔民也。焉有仁人在位，罔民而可为也。是故

> 明君制民之产，必使仰足以事父母，俯足以畜妻子，乐岁终身饱，凶年免于死亡。然后驱而之善，故民之从之也轻。今也制民之产，仰不足以事父母，俯不足以畜妻子，乐岁终身苦，凶年不免于死亡。此惟救死而恐不赡，奚暇治礼义哉？（《梁惠王上》）

孟子之意，以为不以生计问题为重，而须言道德的唯心主义，此仅限定于某一种超人，在一般常人是不受其支配者也。吾人求之实际，生计问题确较其他之事尤要，及至马克斯唯物史观出现，此理愈显愈明。吾人从此可见孟子主张解决人民生计问题在政治上之重要，亦可知孟子提倡农业之最大原因。

第四，孟子又以为人类之所以争乱，大概是为生活上之必需品。此种说法，可将荒年来做证。在平时少有战争，然至饥馑水旱，民不聊生以后，是常常发生。所以要免除战争，必须生活必需的原料时常充足，人人易得之。如曰：

> 易其田畴，薄其税敛，民可使富也。食之以时，用之以礼，财不可胜用也。民非水火不生活，昏暮叩人之门户，求水火，无弗与者，至足矣。圣人治天下，使有菽粟如水火。菽粟如水火，而民焉有不仁者乎？（《尽心上》）

做到昏夜叩门求菽粟无不与者,几乎是人人可以各取所需之时,许多人梦想的黄金世界,都不及孟子这个菽粟世界。有恒产就有恒心,菽粟如水火,就没有坏人,都是一个意思,都是从社会物质生活上下的根本解决。

孟子既欲极力提倡农业与其他方法,使菽粟如水火一般多,则人民无有争端。水火在那时看来可算是自由财（Free Goods）,自由财是没有人争的,因为多的关系。以菽粟为经济财（Economic Goods）,要想同它一样变为自由财,固然是不可能。然因为它多而不产生争端,则实在是很常见的。此是孟子提倡农业之第四原因。

第二节　重农方法

孟子既提倡重农主义,关于农业方法,书中屡见,兹归纳之,约有下列三种。

第一,政府于农民耕种之时,勿妨碍之。故曰:

> 不违农时,谷不可胜食也。（《梁惠王上》）
>
> 百亩之田,勿夺其时,数口之家可以无饥矣。（《梁惠王上》）
>
> 彼夺其民时,使不得耕耨以养其父母。……（《梁惠王上》）

农时即春耕、夏耘、秋收、冬藏四项。彼时诸侯，不时与兵，调农民为兵役，农事荒废。故孟子曰，除农不要失其时外，政府亦不得违其时，因农业受时间支配甚大也。

第二，对于公共农业场所，应当加以相当限制。因当时之山林川泽，俱是人民共有者，若任人去渔收砍伐，而能一定法律以限制之，则甚属危险。故曰：

数罟不入污池，鱼鳖不可胜食也。斧斤以时入山林，材木不可胜用也。（《梁惠王上》）

第三，利用田间隙地以从事蚕桑牧畜，作农业之副产事业，使妇孺童叟俱有职守。如曰：

鸡豚狗彘之畜，无失其时，七十者可以食肉矣。（《梁惠王上》）

五亩之宅，树墙下以桑，匹妇蚕之，则老者足以衣帛矣。五母鸡，二母彘，无失其时，老者足以无失肉矣。百亩之田，匹夫耕之，八口之家，足以无饥矣。（《尽心上》）

第三节　农业政治

孟子农业上之唯一政策，厥唯井田制，至其内容及施行方法已详于前章，阅者可互相参看。

关于征收农民之赋税，孟子审查当时之情形，以什一为度。是以彼既不赞成白圭之二十而取一，亦甚恶横征暴敛虐待农民。曰：

> 是故贤君必恭俭礼下，取于民有制。(《滕文公上》)

孟子因鉴于当时农民受政府与卿大夫之虐待过甚，故主张行保护政策培养之，一面减少其赋税，一面不许任何人妨害农时。又孟子恐农民有懒惰与自私自利者，又加以严格之监督，所以有春秋必省，公事毕然后敢治私事，斧斤必以时入山林，细网不得入污池等规定。

既有以上之行政，则农民生计问题可谓解决矣。然无知识，无礼义，仍不能达最终目的。换言之，孟子以人格平等，人皆可以为尧舜，当以先觉觉后觉，先知觉后知，故教育为要。又曰：

> 设为庠序学校以教之。庠者，养也。校者，教也。序者，射也。夏曰校，殷曰序，周曰庠，学则三代共之，皆所以明人伦也。人伦明于上，小民亲于下。(《滕文公上》)

此庠、序、校，俱系小学之名称。大学便称之为学。三代大学小学之制度，古书述之甚详，今不再引。就大概而论，此种大小学，尚是国立者。在国立小学之前，有一种乡立小学，亦称乡学。乡学系井田中教育之初基，是义务教育，为人人当享受也。

孟子又引尧舜之行政，以证明其所说。

> 后稷教民稼穑，树艺五谷，五谷熟而民人育。人之有道也，饱食暖衣，逸居而无教，则近于禽兽。圣人有忧之，使契为司徒，教以人伦：父子有亲，君臣有义，夫妇有别，长幼有叙，朋友有信。放勋曰："劳之来之，匡之直之，辅之翼之，使自得之，又从而振德之。"（《滕文公上》）

然吾人于此，亦可知孟子对于农业教育之注重矣。

农民生活为最劳苦者，鲜有人注意及之。匪独吾国如此，即欧美亦然。但最近数十年，方有人出而提倡农民间之合作互助，以抵抗田主商人之剥夺，增加农民生活之兴趣。斯事虽为二十世纪之新发明，然于二千年前之孟子早已提及之。如曰：

> 死徙无出乡，乡田同井，出入相友，守望相助，疾病相扶持，则百姓亲睦。（《滕文公上》）

此岂非绝好互助精神之表现乎？此前孟子所述八家为井，

四井为邑,农民平时在邑,耕时在井,此亦无非为爱群合作之养成而已。

第四节 提倡农业之功效

孟子之时,井田之制既废,多数人民生活之根基随之以坏;又遭长期战争,加以君主贵族横征暴敛,种种苦痛,急待救济,遂成为社会问题。孟子尝思以解决之,本多数幸福之观念,以同乐主义为方针,以制产养民为急务,行井田之制,辅之以保育之政,又施以教化,使人民得物质上精神上之安慰焉。兹将其提倡农业之功效,略为述出。至其学说与近代思潮关系如何,读者谅能知悉,毋待著者再赘也。

第一项 实行爱国主义

孟子提倡农业,恢复井田制,即系间接实行爱国主义。查井田之制,公田居中心,显出一种爱国思想。因此公田为国用所出,故耕种时,先公后私。《诗》云:

雨我公田,遂及我私。

此诗之意,即代表人民之心目中,将公事作为前提。孟子亦曾申述,可知井田制下之农民,诚为爱国之农民也。

第二项　养成社会互助之习惯

前节所引《孟子》云："八家同井，四井为邑。"有非常互助之精神。孟子主张，对于公田，通力合作，对于私田，互相保卫。《诗》云：

> 无此疆尔界，陈常于时夏。

即谓人民因无彼此疆界之分，故能发见一种文明之常态，陈列于此中夏之上。证诸《汉书·食货志》亦云：

> 出入相友，守望相助，疾病相救，民是以和睦，而教化齐同，力役生产可得而平也。

此与孟子所云"死徙无出乡，乡田同井，出入相友，守望相助，疾病相扶持，则百姓亲睦"之意相同。

国民的教化齐同，文明自然普及，力役生产，各事其事，断无资本劳动，以及地主佃户种种不平之呼声。古代井田之法，最重是均，唯均故平，唯平故能实行互助耳。但后世不平不均，而高谈互助，焉能济事。是以社会主义之崛起，不过以不均求其均，不平求其平，求真正之互助而已。

第三项　施行食力主义

孟子主张食力主义,《孟子》书屡次言之。汉贾谊亦引伸其说云:"一夫不耕,或受不饥,一妇不织,或受之寒。"此意即不耕不许得食,不织不许得衣。孟子提倡井田者,可见人非自力,不许得食,此食力主义,为农业行政上最大之一种主义也。故其制度人人受田,除非为官与其他执事之人,方能受禄。但此受禄,仍名为代耕。何为代耕?即以此食力代彼食力而已。《诗》亦云:

> 坎坎伐檀兮,置之河之干兮,河水清且涟兮。不稼不穑,胡取禾三百廛兮?不狩不猎,胡瞻尔庭有悬貆兮?彼君子兮,不素餐兮!

是诗含有讽意,不稼穑而取禾,不狩猎而悬貆,便是素餐。素餐之人,决非君子。由是可知非食力之人格,反不如食力之农民耳。

第四项　提倡服劳主义

孟子论民事(即农事)之不可缓,亦引《诗》云:

> 昼尔于茅,宵尔索绹。亟其乘屋,其始播百谷。

《诗》咏成王之劝耕云：

> 骏发尔私，终三十里。亦服尔耕，十千维耦。

《国语》亦云：

> 民劳则思，思则善心生。逸则淫，淫则忘善，忘善则恶心生。

是人不可不服劳。如上文所云食力主义，尤其以劳力为重。井田之法，便是鼓励全国人民，于劳力之中，得有相当之幸福。且劳力为吾国立国之基础，吾人之祖宗在古代，已将劳力战胜当时之环境，而得富强文明，便是务农。管子云：

> 夫农群萃而州处，察其四时，权节其用，耒耜枷芟。及寒，击菒除田，以待时耕。及耕，深耕而疾耰之，以待时雨。时雨既至，挟其枪刈耨镈，以旦暮从事于田野。脱衣就功，首戴茅蒲，身衣袯襫，霑体涂足，暴其发肤，尽其四肢之敏，以从事于田野。

此可代表古代农夫服务之一般情形也。

第五项　促成养老恤寡之风尚

吾国最美之风尚,即养老恤寡,俱由井田制中留遗而来。井田制之养老恤寡,不徒称为一种慈善事业,乃为人民道德上之责任也。《周礼》大司徒职云:

> 以乡三物教万民而宾兴之。一曰六德:智,仁,圣,义,中,和。二曰六行:孝,友,睦,姻,任,恤。三曰六艺:礼,乐,射,御,书,数。

又《礼记》云:

> 民知尊长养老,而后乃能入孝悌。民入孝悌,出尊长养老,而后成教。成教而后国可安也。

此与前节所引《孟子》"人伦明于上,小民亲于下"之意相同。

施行农业与养老恤寡之事,颇有密切之关系。《孟子》曰:

> 五亩之宅,树之以桑,五十者可以衣帛矣。鸡豚狗彘之畜,无失其时,七十者可以食肉矣。百亩之田,勿夺其时,数口之家可以无饥矣。谨庠序之教,申之以孝悌之义,颁白者不负戴于道路矣。(《梁惠王上》)

《孟子》云:"颁白者不负戴。"《王制上》又云:"斑白者不提挈。"皆是壮者代其劳动,是种习惯之养成殊非易易。至于恤寡,《诗》云:

> 彼有不获稚,此有不敛穧。彼有遗秉,此有滞穗,伊寡妇之利。

古代妇女,并无不再嫁之制裁。此寡妇为老而无夫,将收获之余物归之,则其生计亦足以维持者也。

第九章 教育哲学

第一节 孟子以前之教育思潮

或曰："教育者所以利导调适人之生性，而使之合乎生存之环境者也。故中外教育学者，其定施教之方针也，必先于性之本体，加一次明了的认识，于性之本质，加一次善恶之审辨，而其说乃有所根据。"斯说诚然。近世西洋教育学者如卢梭、福勒伯尔诸辈，咸发挥性之本质之大功人。吾国周代主张以心性为教育之基点者，除孔子、子思而外，厥推孟子。然斯学说实为孔子、子思发其端，及至孟子发皇而光大之，故中古时代之心性问题，在中国教育思想史上，颇占重要之位置。吾人欲得此资料，不可不从《大学》《中庸》两书中探讨之。此不独能洞悉孟子以前之教育思潮，且能借知孟子教育思想之渊源焉。

《大学》《中庸》两篇,可谓心理研究之开端。《大学》中分出心、意、知。《中庸》说性,是天命,是自诚明。及至孟子时,性的善恶问题,已成为当时教育哲学上之争辩问题。《孟子·告子》篇有云:"性可以为善,可以为不善。"有云:"有性善,有性不善。"此两派或可为孔门弟子之说法。至于性无善无不善,可谓为告子之创见。性善、良知、良能,可谓为孟子之独创。性恶则为后来荀子之见解。然《大学》《中庸》之心性教育,洵可代表那时代教育思潮之精神也。

此两篇之著者,现尚未敢断定为谁?有谓为曾子学说。据胡适之氏云:《大学》是修身的人生哲学,曾子却是孝亲的人生哲学,两者完全不同,斯说尚是。胡氏又以为《大学》甚受了杨子为我、墨子兼爱之影响,他因孔子与孟子间学术演进之关系看来,似乎孟子以前应有此两书为其学说之先导。大概此两篇颇有创见,全系心理教育哲学萌芽时代之产物。但学说之来源,却亦不能云与曾子子思无关系耳。

第一项 教育之意义

《中庸》云:

> 天命之谓性,率性之谓道,修道之谓教。

其所谓道,为人生生活之重道,从生活中自然而来。原仍重人事方面者，又云：

> 道之不行也，我知之矣。知者过之，愚者不及也。道之不明也，我知之矣。贤者过之，不肖者不及也。人莫不饮食也，鲜能知味也。

教育不过为人日常生活之行为，毋须太过，亦毋须不及，处处合于中庸之道。此种教育之说，素可代表儒家重人事的精神也。《大学》之絜矩之道：

> 所恶于上，毋以使下。所恶于下，毋以事上。所恶于前，毋以先后。所恶于后，毋以从前。所恶于右，毋以交于左。所恶于左，毋以交于右。此之谓絜矩之道。

《中庸》之恕道：

> 忠恕违道不远，施诸己而不愿，亦勿施于人。君子之道四，丘未能一焉：所求乎子，以事父未能也；所求乎臣，以事君未能也；所求乎弟，以事兄未能也；所求乎朋友，先施之未能也。

但是《中庸》修身之道，亦皆本于孔子为人哲学之精神以阐明教育之真义焉。

第二项　教育之目的

《大学》中所云教育目的是：

> 大学之道，在明明德，在亲民，在止于至善。

是将教育目的分成两面，一为明明德，一为亲民，结果须止于至善。教育之根本，即在修身。在个人，要修身便要正心、诚意、致知、格物。对己方面，便是明明德。能修身，才能齐家、治国、平天下。对人方面，便是亲民。故曰："一是皆以修身为本。"这个身，这个"个人"，便是一切伦理的中心点。如下图：

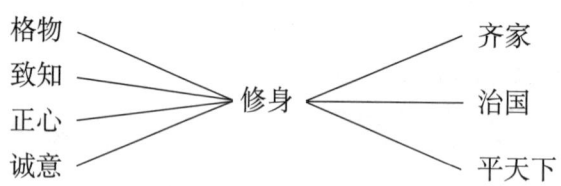

又曰：

> 古之欲明明德于天下者，先治其国。欲治其国者，先齐其家。欲齐其家者，先修其身。欲修其身者，先正其心。欲正其心者，先诚其意。欲诚其意者，先致其知。致知在格

物。物格而后知至。知至而后意诚。意诚而后心正。心正而后身修。身修而后家齐。家齐而后国治。国治而后天下平。

如此自外而推及于内,"内本外末"之学说,可为心理的教育哲学最初产物。所谓齐家、治国、平天下,所谓亲民,还本诸孔子君君、臣臣、父父、子子的伦理学说。至于正心、诚意、致知、格物,倒有点创见耳。但其仍未完全脱离伦理观念,所谓止,所谓"至善",俱不过为伦理上之标准而已。

《中庸》教育目的,较之偏向内观心理方面,其要点,则为"致中和"。如曰:

> 喜怒哀乐之未发,谓之中。发而皆中节,谓之和。中也者,天下之大本也。和也者,天下之达道也。致中和,天地位焉,万物育焉。

但彼仍重在达道,说修道是教,重再发而中节,对于人事,仍然重视。

总之,儒家本为人哲学的精神,将教育作达到伦理生活之手段。

第三项 心理的教育学说

《大学》书中言修身由外而推及于内,分成心、意、知者，然其所云心者正心也，意者诚意也，知者致知也。何谓正心？如曰：

> 身有所忿懥，则不得其正。有所恐惧，则不得其正。有所好乐，则不得其正。有所忧患，则不得其正。心不在焉，视而不见，听而不闻，食而不知其味。此谓修身在正其心。

此全从功用方面，去说明心之性质。所谓正心，是一种至正不伦生活上的态度。何谓诚意？如曰：

> 所谓诚其意者，毋自欺也。如恶恶臭，如好好色，此之谓自慊。故君子必慎其独也。小人闲居为不善，无所不至，见君子而后厌然，揜其不善而著其善，人之视己，如见其肺肝然，则何益矣。此谓诚于中，形于外。故君子必慎其独也。

诚意是要内外一致，是要毋自欺。何谓致知？如曰：

> 于止知其所止。

是种重实际之精神，《中庸》书亦有表现，将物我之关系下一标准，谓之中庸之道。郑注："庸常也，用中为当道也。"此当道乃根诸天性之自然，故谓之率性。《中庸》既认率性为道，乃为后来孟子性善说之先导也。斯说在心理上占重要之位置，影响于教育学说上亦重大矣。

第四项　教育之方法

《大学》中论教育方法最重要之点为：

> 物有本末，事有终始，知所先后，则近道矣。

《中庸》云：

> 为政在人，取人以身，修身以道，修道以仁。仁者，人也。

又曰：

> 射有似乎君子，失诸正鹄，反求诸其身。
> 君子之道，辟如行远必自迩，辟如登高必自卑。

《中庸》相信人的天性是诚的，所以教育的方法是"诚之"，如曰：

> 诚者，天之道也。诚之者，人之道也。诚者不勉而中，不思而得，从容中道，圣人也。诚之者，择善而固执之者也。

至"诚之"的方法,《中庸》云博学审问、慎思、明辨、笃行,较《大学》格物致知,又进一层矣。

两书之教育思想,既如上述,其陈义大都本诸孔子,而与以后孟子之思想,有最大之影响。如孟子言仁义,而《大学》言"以义为利",《中庸》亦言"仁义",孟子言性善,更与《中庸》"率性""自诚明谓之性"相近焉。

第二节 孟子教育哲学之发生

孟子之性善论,不徒影响于彼之人生观政治观,并且大有影响于彼之教育哲学。盖孟子既认为一切善端为我性所固有,而不能免为恶者,由于不能尽其才也。如曰:

> 仁义礼智,非由外铄我也,我固有之也,弗思耳矣。故曰:求则得之,舍则失之。或相倍蓰而无算者,不能尽其才者也。(《告子上》)

此谓人之所以没其善性而为恶者,由于自己不求,故不能尽其才也。然人何以不自求以尽其才?此原因依孟子所说,可概括有二:

(甲)激于外势 孟子与告子辩曰:

人性之善也，犹水之就下也。人无有不善，水无有不下。今夫水，搏而跃之，可使过颡；激而行之，可使在山。是岂水之性哉？其势则然也。人之可使为不善，其性亦犹是也。（《告子上》）

何谓激于外势？则如彼之言曰：

富岁，子弟多赖；凶岁，子弟多暴。非天之降才尔殊也，其所以陷溺其心者然也。今夫麰麦，播种而耰之，其地同，树之时又同，浡然而生，至于日至之时，皆熟矣。虽有不同，则地有肥硗，雨露之养，人事之不齐也。（《告子上》）

若民则无恒产，因无恒心。苟无恒心，放辟邪侈，无不为已。（《梁惠王上》）

饥者甘食，渴者甘饮……岂惟口腹有饥渴之害，人心亦皆有害。（《尽心上》）

此皆言激于外势而然也。

（乙）放其良心　孟子有由本之喻曰：

牛山之木尝美矣，以其郊于大国也。斧斤伐之，可以为美乎？是其日夜之所息，雨露之所润，非无萌蘖之生焉。牛羊又从而牧之，是以若彼濯濯也。人见其濯濯也，以为未尝有材焉，此岂山之性也哉？虽存乎人者，岂无仁义之心哉？其所以放其良心者，亦犹斧斤之于木也。旦旦而伐之，可以为美乎？其日夜之所息，平旦之气，其好恶与人相近也者几希，则其旦昼之所为，有梏亡之矣。梏之反覆，则其夜气不足以存。夜气不足以存，则其违禽兽不远矣。人见其禽兽也，而以为未尝有才焉者，是岂人之情也哉？（《告子上》）

何谓放其良心？如曰：

> 自暴者，不可与有言也；自弃者，不可与有为也。言非礼义，谓之自暴也；吾身不能居仁由义，谓之自弃也。（《离娄上》）
>
> 耳目之官不思，而蔽于物。物交物，则引之而已矣。心之官则思，思则得之，不思则不得也。（《告子上》）
>
> 养心莫善于寡欲。……其为人也多欲，虽有存焉者，寡矣。（《尽心下》）

此皆言放其良心者也。反之，人苟非激于外势，或放其良心，则其本性未有不善者。

孟子既道性善，故彼之教育方针，即主张消极地存养此性，而反对改造，积极地扩充此性，而不认增加。易言之，即利导人之本性，使之明善以复其初而已矣。此其所以辟告子杞柳喻性之说，辨仁义外铄之谬，而有操存舍亡之箴，四端扩充之训也。至其视形色之性，虽以为多欲而不可凭恃，然既认天性为不可改造，即不能除而去之，故主张先立乎其大者之心，以镇慑之。故教育首当求放心，其次存心，而养心，而由心及物，此孟子教育程序之大概也。

第三节　孟子教育哲学之原则

凡一家之说，一人之言，而能蔚为时代思潮，风行于世者，必有相当真理在。倘吾人能截长补短，撷英摘华，则裨益于陶冶理论之讨究，实际教育之改善，正复不鲜。譬如孟子心性教育学说，阐明内在的普遍的人生之本性，尚个性之启发，注重意志之陶冶等等，与现代教育思潮颇相吻合，即如近代欧美所提倡养性的教育、自动的教育、标准的教育、意志的教育、人格的教育诸端。殊不知在吾国二千余年前之孟子，已有发明，且其见解，实超彼辈之上。吾人与其效法欧美，毋宁采吾国固有之孟学，盖孟学不仅适合国情，且能应现代人生之需求也。

第一项　自动的教育

活动者，即以活动视为人类之本性，基于自己内部之原因，为独立的活动，而不受外界之影响者也。孟子既深信人性本善，故排弃被动的与逼迫的教育，而生各人自动的教育。如曰：

> 君子深造之以道，欲其自得之也。自得之，则居之安。居之安，则资之深。资之深，则取之左右逢其原。故君子欲其自得之也。(《离娄下》)

又论养气，可与此印证。

> 必有事焉而勿正，心勿忘，勿助长也。无若宋人然。宋人有闵其苗之不长而揠之者，芒芒然归，谓其人曰："今日病矣，予助苗长矣。"其子趋而往视之，苗则槁矣。天下之不助苗长者，寡矣。以为无益而舍之者，不耘苗者也。助之长者，揠苗者也。非徒无益，而又害之。(《公孙丑上》)

彼谓君子之所以教者五，而以"有如时雨化之者"为第一。不耘苗固非是，即揠苗亦非是。而及时的雨化则为最宜，盖欲使其自得之也。

第二项　养性的教育

人性既本来是善的，教育的宗旨，只是要使此本来之善性，充分发达。设人不受教育，恐将赤子之善心，至于消沉枯亡，故当尽心以养性。如曰：

尽其心者，知其性也。知其性，则知天矣。存其心，养其性，所以事天也。(《尽心上》)

又曰：

人之所以异于禽兽者几希，庶民去之，君子存之。(《离娄下》)

心之为物，操之则存，舍之则亡。易言之，教育即所以存养此人之所以异于禽兽之心性耳。

第三项　标准的教育

教育虽是自动的，却不可无标准。孟子曰：

羿之教人射，必志于彀，学者亦必志于彀。大匠诲人，必以规矩，学者亦必以规矩。(《告子上》)

又曰：

大匠不为拙工，改废绳墨。羿不为拙射，变其彀率。君子引而不发，跃如也。中道而立，能者从之。(《尽心上》)

又曰：

> 规矩，方员之至也。圣人，人伦之至也。（《离娄上》）

此标准的教育法，在孟子以为是教育之捷径。彼曰：

> 圣人既竭目力焉，继之以规矩准绳，以为方员平直，不可胜用也。既竭耳力焉，继之以六律，正五音，不可胜用也。（《离娄上》）

前人费不少心血，方创造此种种的标准。吾人依之，即可不劳而得前人之益处。此为标准教育法之原理。

第四项　意志的教育

意志的教育，大抵注重意志的行为，对于意志之陶冶，视为教育之根本义。进而言之，训练意志为教育上彻始彻终之要事，如无强固之意志，则不能战胜物欲之恶环境。孟子自范之齐，望见齐王之子，喟然叹曰：

> 居移气，养移体。（《尽心上》）

故其教育主张，颇重养气，使不害心意作用的萌芽，以

助人心的作用,而充分发达之。故其言曰:

> 我善养吾浩然之气。……其为气也,至大至刚,以直养而无害,则塞于天地之间。其为气也,配义与道,无是馁也。是集义所生者,非义袭而取之也。行有不慊于心,则馁矣。(《公孙丑上》)

养气之方法,不外乎集义;集义多,训练久,自能达不动心的地位。故曰:

> 我,四十不动心。(《公孙丑上》)

盖养气不为外诱所动,且不为最大之外诱所动,斯则为养气之功效,亦可谓极意志教育之能事矣。

近代哲学家詹姆士,其倡意志教育为有力者,但彼极反对抑制生徒之意志,亦不赞成其冲动之行为。谓为师者宜知儿童是一种感觉的、冲动的、联想的、反动的有机体。择其善者启培之,其不善者制止之,务导之于正轨。行为之过于轻率,或过于戒忌,均非所宜。而性格以能克己坚忍为最贵。人苟能保有此性格,则其行为自别于懦怯,终能坚持其操守,打破一切障碍,而达其最后之目的。此与孟子意志教育不谋而合,可证古今圣哲所见略同也。

第五项　人格的教育

人格者，即人之所以为人之义也。然其观念，犹未明确，于是有种种定义焉。自心理学者言之，谓人格其有直接的意识，而为知情意复杂的精神、活动之统一体。又曰，人格即完全统一复杂的精神现象之自我意识之谓也。而伦理学方面，则以"人格为合理的个体"之定义，人多袭用之。但主张"人格为知情意之调和"者，亦复不少。迨至康德则以人格本质为自由意志，或自律意志，而此自由意志、自律意志，为绝对价值之目的体云。孟子亦主人格化之教育，盖以人格建立于感情上，而收效果甚大，无论其为何时何地，苟有恳切精神之人，即能以一己之人格，感动他人。孟子以"诚"为人格中心，即是此种主张，此乃彼传其师子思之说而来者。子思曰：

诚者，天之道也。诚之者，人之道也。（《中庸》）

又曰：

惟天下至诚，为能尽其性。能尽其性，则能尽人之性。（《中庸》）

孟子承其说，亦曰：

至诚而不动者，未之有也。不诚，未有能动者也。（《离娄上》）

又曰：

万物皆备于我矣。反身而诚，乐莫大焉。（《尽心上》）

盖儒家教育，专以人格的活动为源泉。彼等深知夫人格由"相人偶"而始能成立，始能表现，故于人格交感相发之效，信之最强尽心者何？至诚者何？即"真的人格之全部的活动表现"而已。我之人格，为宇宙全人格之一部，与一切人之人格相依相荡，我苟能扩大我所自觉之人格，使如其量，而以全人格作自强不息的活动，则凡与我同类之人，未有不与我同其动也。儒家认教育为万能，即在此点，而孟子之教育哲学，尤斤斤于此。盖彼以人皆有同类之心，而心皆有善端，人人各将此心扩大，而充满其量，则彼我人格相触，遂形成普遍圆满之人格矣。

第四节　孟子之教学法

第一项　孟子之教授方法

孟子之教授方法，归纳之可分为四，即：(甲) 正身，(乙)

诚意，（丙）出之审慎，（丁）施以规矩，是也。

（甲）正身 正身为孟子教授方法之第一要义。正身对于教授之重要之关系安在乎？因正身对于教授之重要点有二：（一）因教授最易收效之方法，是以身作则。所谓以身作则者，即已依所主张立身行事。否则，言不顾行，行不顾言，而独教学者行其所言。学者必谓，汝尚不能，何况我等，致不遵行。（二）因人之通病，是以人尊言，以人废言。人重则其言重，人轻则其言轻。教者若欲使学者重己所言，必先修其身。所谓修身者，使一己正大光明，无疵可指之谓。不然，性邪行乖，虽佳言，学者亦视同粪土。由是观之，教育要正人必先正己，己正而后学者始正。孟子曰："教者必以正。"又曰："有大人者正己，而物正者也。"此之谓也。

即就孟子自身言之，孟子所主持者为仁义，所排斥者为势力。彼自己立身，诚能不淫富贵、不移贫贱、不屈威武，故能得万章，公孙丑之徒信仰焉。

（乙）诚意 诚意为孟子教授方法之第二要义。诚意对于教授有何关系乎？诚意与教授之关系有二：（一）教授而且诚意，能使学者勤勉。因学者，或勤或惰，是可由教者态度而定；教者若抱苟且塞责之心而不尽力以教导之，学者势必因循；教者苟具不负学者父兄付托之意，尽心督责，学者必因以勤勉。（二）教授而且诚意，能使学者奋励。因学者或奋或懈，大半可由教者动机而定；教者假若以教授而为唯利是图，或为无聊栖身之位置，则学者对教者，便漠不关心；教者假如立志在造就学者，使至完成，不杂其他私念，则学者感于大义，虽懦必奋。由以上二者，吾人可知以诚意教授，学者必勤勉奋励；不以诚意教授，学者必怠惰疏懈。孟子曰："至诚而不动者，未之有也。"又曰："不诚未有能动者也。"即系此意。

（丙）审慎 审慎为孟子教授之第三要义。何谓审慎？其重要安在？审慎为不可轻易执教授之事。既执之之后，即应黾勉从事。其原因有二：（一）因求学时代为一生行事之基，一切智识技能，皆从学塾得来；教者苟不审慎，不揣自己能否，贸然而为教授，或虽为之，而不黾勉，以致学者毫无所得，而空耗青年宝贵光阴，岂非作孽之甚？（二）因求学时代，为终身立身之本，为君子，为小人，为善，为恶，全从所学而定；教者不揣己之品格，率而为教授，或虽担任，而不尽力改善学者性情，以致学者染于恶习，而入下流，岂非害人终身？孟子曰："人之易其言者，无责焉耳。"此乃谓教授职责非常重大，人不可轻易其言，而任教职。又曰："人之患，在好为人师。"非谓人不可为师，乃系言为师一事，须出之审慎耳。

（丁）规矩 规矩为孟子教授之第四要义。何谓规矩？其用处如何？规矩为学习之方法，学习方法之功用有二：（一）免致学者劳苦无益。（二）可使学者力半功倍。（1）语云：无规矩不能成方圆，无六律不能正五音。求学亦然，如无方法，即施以大力，而其结果，虽非毫无所得，即得之而亦未能中肯，或者误入歧途耳。（2）欲为方圆平直，必须准绳，欲正五音，必依六律，此定理也。为学，何曾外此？若无方法，则用力多，成功鲜；反之则事半功倍。故教者，如欲使学者得佳而且大之效果，必不可不告以学习之方法。孟子曰："大匠诲人必以规矩。"此之谓也。

第二项　孟子之学习法

孟子之学习法有八项。

（甲）知耻　知耻为孟子学习法之第一要素。其重要原因：即（一）学问非易于求得者。学者若不勤苦，恐无得之希望。但通常人无高远之见解，坚决之意志，大半倾向于怠惰一途之耻字上。依孟氏之见，可作为学者最善之刺激。例如学者若知耻，学不及人，甚为羞耻，则彼必能奋发勉强，以脱耻辱。反之，学不如人，毫不介意，甚或教者施以责惩，亦不改悔，焉能向上乎？故孟子曰："耻之于人大矣，不耻不若人，何若人有。"（二）求学之方法，积极在勤苦，消极则在去私欲。勤正固然系得知识顶妙之路，但欲勤苦，非先去私欲弗成。因物莫能两大，此胜则彼衰，此衰则彼胜，学者若私欲决不能勤苦，若欲勤苦，不能不去私欲。去私欲之法，最有力者莫过知耻。孟子曰："人能有所不为，然后可以有为。"能有所不为，即知耻，能知耻，而后能勤苦用功焉。

（乙）尽力　尽力为孟子学习法之第二要义。何以故？因无论为何事业，全非逸豫所能成功，求学亦何尝不然？求学若想成功，势非尽力不可。何谓尽力？（一）消极在不依他人催促。因（1）自己若无能力，他人如何贤智，亦不能使己有能力。故孟子曰："梓匠输与，能与人规矩，不能使人巧。"（2）学者不止一人，己无能，教者弗能牺牲共同格律，俯从自己。孟子曰："大匠不为拙工，改废绳墨。羿不为拙射，变其彀率。"（二）积极在己努力。因教者教若干生徒，势不能个个耳提面命，最上乘者，作普通讲习，授以温习方法。学者欲明了一切，在乎自己。故曰："君子引而不发，道而立者，能从之。"依上之论，则有志者，须自为兴奋，学业决不致不佳。孟子曰："待文王而后兴者，凡民也。若夫豪杰之士，虽无文王犹兴。""夫道若大路焉，岂难知哉？人病不求耳。""夫人岂不以胜为患哉？弗为耳。"

（丙）用心　　用心为孟子学习法之第三义，亦为求学不可缺之条件。（一）孟子曾云："权，然后知轻重。度，然后知长短。"彼以为无论为何事，必须有相当之方法，即如用力之事，则气力为方法，用心之事，则思索为方法。一种特具之相当方法，乃不可缺者。而用心之事，思索方法，尤不可少。因用心者，多半深微奥妙，唯独思索道理方能深出。故孟子曰："困于心，衡于虑，而后有得。""心之官则思，思则得之。"（二）用心之事，若不加以思索，则不能了解其理。不了解其理，即不易记忆。即记忆亦易遗忘。即不忘亦不能用。求得知识，不会应用，等于未得。故孟子曰："……不思则不得也。"是以求学，最贵用心，用心然后能得，不用心必失败。又曰："学问之道无他，求其放心而已矣。""放其心而不知求，哀哉。"求放心，亦即用心思索之意也。

（丁）虚己　虚己为孟子学习法之第四义。因求学莫贵于多闻多问，欲多闻多问，首须虚己。（一）学者欲要多闻，必须有相当之态度，而后他人乐于告诲。使人乐告之态度，即系虚己。虚己者，即表示自己空无所有，而乐取他人所知以为善。他人见求之之切，自然乐与之谈。反之，自以多才多艺，小视一切，则虽仁厚者，亦不能就而教之。故曰："夫苟好善，则四海之内，皆将轻千里而来，告之以善。夫苟不好善，则人将曰：'訑訑，予既已知之矣。訑訑之声音颜色，距人于千里之外。'"（二）欲多问，必须有相当方法，然后他人乐于对答。使人乐答之法，亦系虚己。虚己是去成见及恃有势之傲态。苟如此，他人观汝虚心下气，自然乐于回答。反之，倔强傲慢，无人应对。孟子曰："挟贵而问，挟贤而问，挟长而问，挟有勋劳而问，挟故而问，皆所不答也。"

（戊）循规　循规为孟子学习法之第五义。（一）学习须有一定之方法，照方法为之，可事半功倍。教者教授一种教材，不但自己预备教授方法，当能给学者一种学习法，以便有所遵循。在学者方法，教者既与以一种学习法，即应谨慎遵守，以便达到教者所期望。孟子曰："羿之教人射，必志于彀。学者亦必志于彀。"(二)教者目的,固然是在造就学者。但学者苟不能使他欲望满足,亦不足使他尽力教诲。使他欲望满足之方法,即系循规。因遵照教者之学习方法工作,学业必能如彼所期之进步。如此彼岂不乐于训诲乎?故孟子曰:"大匠诲人,必以规矩。学者亦必以规矩。"此之谓也。

(己)忍耐　忍耐为孟子学习法之第六义。忍耐之重要原故如下:(一)学习时,有忍耐之性格,顺序渐进,不急不躁,不因一时不能得,即弃之他顾,如此方能继长增高,而达极顶,免去功败垂成之讥。故孟子曰:"有为者,譬若掘井,九轫而不及泉,犹为弃井也。"(二)学习时,能有忍耐性,而后按部就班,慎思明辨。不致一事未毕,因厌烦而改为他事,亦不致未解某理,因懊恼,置之不理。大概学问必须专心致志,方能达得孟子曰:"今夫弈之为数,小数也。不专心致志,则不得也。"

(庚)守序　守序为孟子学习法之第七义。守序即不躐等。何以言之?(一)学习最贵顺序。顺序何以重要乎?因一切教材,全皆前后相贯,深浅相因,由浅入深,从前至后,乃学习当守之步骤。如弃舍中段,从前边浅者而学后边深者,断难通达。徒乱心神,耗光阴而已。(二)学习最贵理解透彻,使印象深刻于脑海。因为如此,方能记忆牢固,不易忘却。欲理解透,印象深,在于学习速度迂缓。盖迂缓而后温习时机多,新旧观念不致混淆。反之,一种甫毕,立即从事其他,纵令一时似乎记忆，移时逾日，非忘不可。所以孟子曰："其进锐者，其退速。"

（辛）守常 守常为孟子学习法之第八义。（一）学习进步之方法，在熏陶渐染，不在一步登天。即一日所得虽少，久之不断自多。否则一日所得虽多，而休息十日，不但所得不易完全记忆，即令记忆，亦必不及十日所得之和。故孟子曰："一日曝之，十日寒之，未有能至者也。"（二）人之脑筋，假使用之不过度，不伤损之，则愈用愈活泼灵敏。若废而不用，反致昏愚。故孟子喻曰："山径之蹊间，介然用之而成路。为间不用，则茅塞之矣。"

第十章 尚论古人

古人崇拜圣贤，常即尧舜。只因尧舜功业显著，足为彼理想中之模范人物，故多举其言行，而为后世法。此匪独儒家为然，即道墨杂家亦不外此。孟子谓："诵其诗，读其书，不知其人可乎？是以论其世也，是尚友也。"所谓论世，即考察时代背景之谓也。即其书之卒章，历序群圣讲道统者言之。陈澧谓尧、舜、汤、文王、孔子，非后儒所可拟也。孟子又曰："禹、稷、颜回，同道。""曾子、子思，易地则皆然。"所谓地，系指时间空间之环境而言，则谓各人之特殊关系也。在考察时代背景以外，又须注意其特殊之关系，乃臻完备缜密之手续，而批评斯有真确性。孟子列论"伯夷，圣之清者也。伊尹，圣之任者也。柳下惠，圣之和者也。孔子，圣之时者也。"盖谓各人有各人之特性，亦各有相当之成功，不能执一而论，主彼奴此。

第一节 尧舜

《书》曰:"尧克明峻德,以亲九族,平章百姓,协和万邦,黎民于变时雍。"先修其身而以渐推之于九族,而百姓,而万邦,而黎民,其重秩位如此,而其修身之道则为中。其禅舜也,诚之曰"允执其中"是也。是盖由种种经验而归纳以得之者,实为当日道德界之一大发明,而其所取法者则在天。故孔子曰:"巍巍乎,唯天为大,唯尧则之。荡荡乎民无能名焉。"至孟子亦崇拜尧舜之为人,如曰:

孟子道性善,言必称尧舜。(《滕文公上》)

又曰:

尧舜,性者也。汤武,反之也。动容周旋中礼者,盛德之至也。哭死而哀,非为生者也。经德不回,非以干禄也。言语必信,非以正行也。君子行法,以俟命而已矣。(《尽心下》)

又曰:

尧舜,性之也。汤武,身之也。五霸,假之也。久假而

不归，恶知其非有也。(《尽心上》)

此皆道德之腴溢而为文字者，诚于中形于外，不可以伪为者也。其论尧舜处事制物之义曰：

君子之于物也，爱之而弗仁。于民也，仁之而弗亲。亲亲而仁民，仁民而爱物。(《尽心上》)

又曰：

知者无不知也，当务之为急。仁者无不爱也，急亲贤之为务。尧舜之知，而不遍物，急先务也。尧舜之仁，不遍爱人，急亲贤也。(《尽心上》)

其论尧之让禅于舜，而谓尧荐舜于天，君位非私相授受也。如曰：

万章曰："尧以天下与舜，有诸？"孟子曰："否。天子不能以天下与人。""然则舜有天下也，孰与之？"曰："天与之。""天与之者，谆谆然命之乎？"曰："否。天不言，以行与事示之而已矣。"曰："以行与事示之者，如之何？"曰："天子能荐人于天，不能使天与之天下。诸侯能荐人于天子，不能使天子与之诸侯。大夫能荐人于诸侯，不能使诸侯与之大夫。昔者，尧荐舜于天，而天受之，暴之于民，而民受之。故曰：天不言，以行与事示之而已矣。"曰："敢问，荐之于天，而天受之，暴之于民，而民受之，如何？"曰："使之主祭而百神享之，是天受之。使之主事而事治，百姓安之，是民受之也。天与之，人与之。故曰：天子不能以天下与人。舜相尧二十有八载，非人之所能为也，天也。尧崩，三年之丧毕，舜避尧之子于南河之南。天下诸侯朝觐者，不之尧之子而之舜；讼狱者，不之尧之子而之舜；讴歌者，不讴歌尧之子而讴歌舜。故曰：天也。夫然后之中国，践天子位焉。而居尧之宫，逼尧之子，是篡也，非天与也。《太誓》曰：天视自我民视，天听自我民听。此之谓也。"（《万章上》）

孟子学说最合世界大同公理、民贵独夫等说，允具共和之精神，为二千年其他载籍所远不及。此章主旨亦同，而兼天人二义，立言尤为通达精到。盖共和之真谛，在合大多数之公意，此大多数之公意，非仅民字所得面包，不得不属之于天，而其实仍自人心之同然者。征之天视民视、天听民听，其义实精妙绝伦。欧美最近之政治家，持论不能有过也。

至于舜，则又以中之抽象名称，适用于心性之状态，而更求其切实。其命夔教胄子曰：直而温，宽而栗，刚而无虐，简而无傲，言涵养心性之法不外乎中也。其于社会道德，则明著爱有差等之义，命契曰：百姓不亲，五品不逊，汝为司徒，敬敷五教在宽。五品五教，皆谓于社会间，因其伦理关系之类别而有特别之道德也。五伦之教，所谓父子有亲，君臣有义，夫妇有别，长幼有序，朋友有信是也。其实不外乎执中，惟各因其关系之不同，而别著其德之名耳。由是而知中之为德，有内外两方面之作用，内以修己，外以及人，为社会道德至当之标准。舜之人格伟大，古书多有所述，孟子尝为表彰之。如曰：

> 舜之居深山之中，与木石居，与鹿豕游，其所以异于深山之野人者几希。及其闻一善言，见一善行，若决江河，沛然莫之能御也。（《尽心上》）

闻一善言则从之，见一善行则识之，辟若江河之流无能御止其所欲行，非圣贤果能如是乎？

其论舜之大孝，见其答万章之间：

> 万章问曰："舜往于田，号泣于旻天，何为其号泣也？"孟子曰："怨慕也。"万章曰："父母爱之，喜而不忘。父母恶之，劳而不怨。然则舜怨乎？"曰："长息问于公明高曰：'舜往于田，则吾既得闻命矣。号泣于旻天，于父母，则吾不知也。'公明高曰：'是非尔所知也。'夫公明高以孝子之心，为不若是

怼，我竭力耕田，共为子职而已矣。父母之不我爱，于我何哉？帝使其子九男二女，百官牛羊仓廪备，以事舜于畎亩之中。天下之士，多就之者，帝将胥天下而迁之焉。为不顺于父母，如穷人无所归。天下之士悦之，人之所欲也，而不足以解忧。好色，人之所欲，妻帝之二女，而不足以解忧。富，人之所欲，富有天下，而不足以解忧。贵，人之所欲，贵为天子，而不足以解忧。人悦之，好色，富，贵，无足以解忧者，惟顺于父母，可以解忧。人少，则慕父母。知好色，则慕少艾。有妻子，则慕妻子。仕，则慕君。不得于君，则热中。大孝终身慕父母，五十而慕者，予于大舜见之矣。"(《万章上》)

曾子曰："父母爱之，喜而不忘，父母恶之，惧而无怨。"此大舜之孝心也。又曰：

天下大悦而将归己。视天下悦而归己，犹草芥也。惟舜为然。不得乎亲，不可以为人。不顺乎亲，不可以为子。舜尽事亲之道，而瞽瞍底豫。瞽瞍底豫，而天下化。瞽瞍底豫，而天下之为父子者定。此之谓大孝。(《离娄上》)

瞽瞍顽父也，尽其孝道而顽父致乐，使天下化之，为父子之道者定也。由是可知天下化天下定而后谓之大孝，舜之所以为圣在此。

其论舜之爱弟,如曰:

> 万章问曰:"象日以杀舜为事,立为天子则放之,何也?"孟子曰:"封之也,或曰放焉。"万章曰:"舜流共工于幽州,放驩兜于崇山,杀三苗于三危,殛鲧于羽山,四罪而天下咸服,诛不仁也。象至不仁,封之有庳。有庳之人,奚罪焉。仁人固如是乎?在他人则诛之,在弟则封之。"曰:"仁人之于弟也,不藏怒焉,不宿怨焉,亲爱之而已矣。亲之欲其贵也。爱之欲其富也。封之有庳,富贵之也。身为天子,弟为匹夫,可谓亲爱之乎?"(《万章上》)

至舜之道德,亦舍己从人,与人为善。孟子曰:

> 子路,人告之以有过则喜。禹闻善言则拜。大舜有大焉,善与人同。舍己从人,乐取于人以为善。自耕稼陶渔以至为帝,无非取于人者。取诸人以为善,是与人为善者也。故君子莫大乎与人为善。(《公孙丑上》)

朱晦庵释之曰:与,犹助也。取彼之善,而为之于我,则彼益劝于为善矣,是我助其为善也。能使天下之人,皆劝于为善,君子之善,孰大如此。

第二节 禹汤

禹治水有大功,克勤克俭,而又能敬天。孔子曰:"禹,吾无间然矣。菲饮食而致孝乎鬼神,恶衣服而致美乎黻冕,卑宫室而尽力乎沟洫。"孟子所论禹之行为曰:

禹恶旨酒而好善言。(《离娄下》)

至其治水之功,颇伟著,孟子曰:

当尧之时,天下犹未平,洪水横流,氾滥于天下。草木畅茂,禽兽繁殖,五谷不登,禽兽逼人。兽蹄鸟迹之道,交于中国。尧独忧之,举舜而敷治焉。舜使益掌火,益烈山泽而焚之,禽兽逃匿。禹疏九河,瀹济漯,而注诸海,决汝汉,排淮泗,而注之江,然后中国可得而食也。当是时也,禹八年于外,三过其门而不入。(《滕文公上》)

又曰:

禹思天下有溺者,由己溺之。(《离娄下》)

夏禹为中国第一个大兼爱主义家。他所行所为,都处处表现他的兼爱的精神，都处处表现他力行的主义。他待人如己，视天下为一家，这就是他兼爱的精神。他治洪水十三年，三过家门而不入，这是他的力行主义。

夏殷之间，政治界之变象，莫大于汤之革命。其事虽与尊崇秩序之习惯，若不甚合。然古人号君曰天子，本有以天统君之义，而天之聪明明威，皆托于民，故获罪于民者，即获罪于天。汤之革命，顺乎天而应乎民，与古昔伦理，君臣有义之教，不相背也。孟子论汤之放桀，谓之诛一夫。如曰：

齐宣王问曰："汤放桀，武王伐纣，有诸？"孟子对曰："于传有之。"曰："臣弑其君，可乎？"曰："贼仁者，谓之贼。贼义者，谓之残。残贼之人，谓之一夫。闻诛一夫纣矣，未闻弑君也。"（《梁惠王下》）

荀子亦曰：

诛暴国之君，若诛独夫。……汤武非取天下也。修其道，行其义，兴天下之同利，除天下之同害，而天下归之也。……天下归之之谓王，天下去之之谓亡。故桀纣无天下，而汤武不弑君。（《荀子·正论》）

此与孟子说同。

孟子主施行仁政,系在保民,遇有残民之君,得起而诛之,其论汤亦系此旨。如曰:

> 齐人伐燕,取之。诸侯将谋救燕。宣王曰:"诸侯多谋伐寡人者,何以待之?"孟子对曰:"臣闻七十里为政于天下者,汤是也,未闻以千里畏人者也。《书》曰:汤一征,自葛始。天下信之。东面而征,西夷怨。南面而征,北狄怨。曰:奚为后我。民望之,若大旱之望云霓也。归市者不止,耕者不变。诛其君而吊其民,若时雨降。民大悦。《书》曰:徯我后,后来其苏。"(《梁惠王下》)

如斯攻伐,其目的仅在救民于水火之中,无他道也。

第三节　文王

诸圣贤中,为孟子最崇拜者,首推文王。其倡性善,谈仁义,言王政,莫不出自文王。实则文王之行学,至孟子始发挥而光大之。《孟子》书讲道统多述文王之德,此明证也。

文王与民偕乐。如曰:

> 文王以民力为台为沼,而民欢乐之,谓其台曰灵台,谓其沼曰灵沼,乐其有麋鹿鱼鳖。古之人与民偕乐,故能乐

也。(《梁惠王上》)

又曰：

　　齐宣王问曰："文王之囿方七十里，有诸？"孟子对曰："于传有之。"曰："若是其大乎？"曰："民犹以为小也。"曰："寡人之囿方四十里，民犹以为大，何也？"曰："文王之囿方七十里，刍荛者往焉，雉兔者往焉，与民同之。民以为小，不亦宜乎？"(《梁惠王下》)

文王之施仁政。如曰：

　　文王视民如伤。(《离娄下》)
　　昔者文王之治岐也，耕者九一，仕者世禄，关市讥而不征，泽梁无禁，罪人不孥。老而无妻曰鳏，老而无夫曰寡，老而无子曰独，幼而无父曰孤。此四者，天下之穷民而无告者，文王发政施仁，必先斯四者。(《梁惠王下》)

陈澧曰：此孟子所述古书，可作一部《周礼》读之，且在周公制礼之前矣。孟子以井田世禄告滕文公，又言市廛而不征，关讥而不征，耕者助而不税，皆本于此。戴盈之曰：什一去关市之征，今兹未能。亦必孟子以此二事劝之也。以此知孟

子所言王政,皆文王之政,所谓师文王者在此也。(《东塾读书记》)

又曰:

伯夷辟纣,居北海之滨,闻文王作,兴曰:"盍归乎来,吾闻西伯善养老者。"太公辟纣,居东海之滨,闻文王作,兴曰:"盍归乎来。吾闻西伯善养老者。"二老者,天下之大老也,而归之,是天下之父归之也,天下之父归之,其子焉往。诸侯有行文王之政者,七年之内,必为政于天下矣。(《离娄上》)

第四节　伯夷、伊尹、柳下惠

赵岐云:孟子反覆差次伯夷、伊尹、柳下惠之德,数章陈之,盖其留意者也。孟子曰:

居下位,不以贤事不肖者,伯夷也。五就汤,五就桀者,伊尹也。不恶污君,不辞小官者,柳下惠也。三子者不同道,其趋一也。一者何也?曰:仁也。君子亦仁而已矣,何必同?(《告子下》)

又曰:

圣人，百世之师也，伯夷、柳下惠是也。故闻伯夷之风者，顽夫廉，懦夫有立志。闻柳下惠之风者，薄夫敦，鄙夫宽。奋乎百世之上，百世之下闻者莫不兴起也。非圣人而能若是乎？而况于亲炙之者乎？（《尽心下》）

又曰：

"伯夷，非其君不事，非其友不友，不立于恶人之朝，不与恶人言。立于恶人之朝，与恶人言，如以朝衣朝冠，坐于涂炭。推恶恶之心，思与乡人立，其冠不正，望望然去之，若将浼焉。是故诸侯，虽有善其辞命而至者，不受也。不受也者，是亦不屑就已。柳下惠不羞污君，不卑小官，进不隐贤，必以其道，遗佚而不怨，厄穷而不悯。故曰：'尔为尔，我为我，虽袒裼裸裎于我侧，尔焉能浼我哉？'故由由然与之偕，而不自失焉。援而止之而止。援而止之而止者，是亦不屑去已。"孟子曰："伯夷隘，柳下惠不恭。隘与不恭，君子不由也。"（《公孙丑上》）

又曰：

伊尹耕于有莘之野，而乐尧舜之道焉。非其义也，非其道也，禄之以天下，弗顾也；系马千驷，弗视也。非其义也，非其道也，一介不以与人，一介不以取诸人。汤使人以币聘之，嚣嚣然曰："我何以汤之聘币为哉？我岂若处畎亩之中，由是以乐尧舜之道哉？"汤三使往聘之。既而幡然改曰："与我处畎亩之中，由是以乐尧舜之道，吾岂若使是君为尧舜之君哉？若使是民为尧舜之民哉？吾岂若于吾身亲见之哉？天之生此民也，使先知觉后知，使先觉觉后觉也。予，天民之先觉者也，予将以斯道觉斯民也。非予觉之，而谁也？"思天下之民，匹夫匹妇有不被尧舜之泽者，若己推而内之沟中，其自任以天下之重如此。(《万章上》)

不以三公易其介，柳下惠之清也。一介不取，伊尹之清也。故曰：圣人之行不同。归絜其身而已矣。顾亭林云：以伊尹之元圣，尧舜其君其民之盛德大功，而其本乃在乎千驷一介之不视不取。……柳下惠之和其本者亦在介，不然则同乎流俗，合乎污世矣，何谓和乎？

王应麟云：孟子学伊尹者也，"当今之世，舍我其谁哉"，亦是圣人之任。又孟子言非其道，则一箪食不可受于人，与伊尹言非其道，一介不取诸人，若合符节也。

第十一章 诸家学说之批评

战国之时，学说纷歧，即儒亦分为八，小人儒、贱儒、瞀儒，皆次第出现，只谈儒家之末节，而忘孔道之大体。至诸家中为时代之产物而成危险的主义者，则兵家、法家、纵横家、功利家是也。其为时代思潮之反应，而走极端之主张者，道家、墨家、农家是也。又有敷衍因循以求苟且生息于恶劣之社会为主义者，即乡愿是也。其时思想界情形，大概如此。此各派所持之主义，皆与儒家发生多少之冲突，而尤在当时思想界中具有重大之势力，其学说尤近道理而尤与儒家有隐潜至深之冲突者，则墨家是也。孟子既以继孔子之志愿，承儒家之道统，故大声疾呼，以拒墨为最大之任务。至谓："能言拒杨、墨者，圣人之徒也。"可以见其用力之猛矣。

陈澧论孟子之距诸家云：《离娄》章极论为政用先王之道，当时诸子之说并作，皆不法先王而自为说也。孟子距杨墨。杨朱，老子弟子。距杨朱，即距道家矣。善战者服上刑，连诸侯者次之，辟草莱，任土地者次之，则兵家、纵横家、农家皆距之矣。省刑罚，可以距法家。生之谓性也，犹白之谓白与，可以距名家。天时不如地利，可以距阴阳家。夫道一而已矣，可以距杂家。齐东野人之语，非君子之言，可以距小说家。此孟子所以为大儒也。

第一节　杨墨

自战国至汉初举古之圣贤者，往往以孔墨并称，杨墨之学普及，概可想见。故诸家批评之论调，自属独多。但杨墨能独创一格，而且与他家之主张，有极端不相容之处，即惹起各家之反动，最严厉者厥为孟子。其实杨朱之为我主义，即一介不以取诸人，一介不以与诸人之意。墨子之兼爱主义，即爱物仁民之意。不过儒家讲独善其身以外，尤须兼善天下，邦无道之时，固然许以身殉道，邦有道之时，亦须以道殉身，而与杨朱的极端为我主义，则大相径庭矣。孟子虽讲仁民爱物，但有差等，非谓"亲亲而仁民，仁民而爱物"，即"仁者无不爱也，急亲贤之为务"，与墨子之极端为人主义，亦迥乎不同矣。两家学说，既有异点，各人欲建设各人之主张，必先破坏他家之议论。墨子既陋儒而毁孔，但对亲亲一层，根本却不赞成，更激起孟子之反动。如曰：

圣王不作，诸侯放恣，处士横议，杨朱墨翟之言盈天下。天下之言，不归杨，则归墨。杨氏为我，是无君也。墨氏兼爱，是无父也。无父无君，是禽兽也。公明仪曰："庖有肥肉，厩有肥马，民有饥色，野有饿莩，此率兽而食人也。"杨墨之道不息，孔子之道不著，是邪说诬民，充塞仁义也。仁义充塞，则率兽食人，人将相食，吾为此惧。闲先圣之道，距杨墨，放淫辞，邪说者不得作。作于其心，害于其事。作于其事，害于其政。圣人复起，不易吾言矣。昔者禹抑洪水，而天下平。周公兼夷狄，驱猛兽，而百姓宁。孔子成《春秋》，而乱臣贼子惧。《诗》云："戎狄是膺，荆舒是惩，则莫我敢承。"无父无君，是周公所膺也。我亦欲正人心，息邪说，距诐行，放淫辞，以承三圣者。岂好辩哉？予不得已也。能言距杨墨者，圣人之徒也。(《滕文公下》)

又曰：

杨子取为我，拔一毛而利天下，不为也。墨子兼爱，摩顶放踵，利天下为之。(《尽心上》)

"摩顶放踵，利天下为之"，虽是辟墨，实足以誉墨盖"为身之所恶，以成人之所急"。正为墨学之特色焉。

孟子又曰：

> 杨氏为我，是无君也。墨氏兼爱，是无父也。无父无君，是禽兽也。（《滕文公下》）

因彼将杨墨之主张，认为邪说异端，甚至于骂墨子的兼爱为无父，为禽兽。其实墨子在《兼爱》篇首言孝慈，子弟视父兄若其身，父兄视子弟亦若其身。孟子诋为无父，为禽兽，未免言之失当耳。

第二节 告子

告子曰：生之谓性。此言与生俱来者也。即孟子所谓非由外铄我也，我固有之也。其解性字本不误。其误在以仁义为非固有。夫但知固有为性，而不知仁义为固有，则性中固有者，惟食色而已，如此则人之性真犹犬牛之性矣。故孟子必指出仁义礼智为固有，固有即良知也。夫仁义礼智，既为吾人所固有，故人之为善，有自然而然之势，毫无待乎矫饰。告子之论性，异乎孟子，为人所易知。然二氏之异，初不仅在告子主性无善无不善，孟子主性善。而在前者以性善有待于人，而后者以性善为顺乎本性。观其辩曰：

> 告子曰："性犹湍水也，决诸东方，则东流；决诸西方，则西流。人性之无分于善不善也，犹水之无分于东西也。"

孟子曰："水信无分于东西，无分于上下乎？人性之善也，犹水之就下也。人无有不善，水无有不下。今夫水，搏而跃之，可使过颡；激而行之，可使在山。是岂水之性哉？其势则然也。人之可使为不善，其性亦犹是也。"(《告子上》)

又曰：

告子曰："生之谓性。"孟子曰："生之谓性也，犹白之谓白与？"曰："然。""白羽之白也，犹白雪之白；白雪之白，犹白玉之白与？"曰："然。""然则犬之性，犹牛之性；牛之性，犹人之性与？"(《告子上》)

又曰：

告子曰："食色，性也。仁，内也，非外也。义，外也，非内也。"孟子曰："何以谓仁内义外也？"曰："彼长而我长之，非有长于我也。犹彼白而我白之，从其白于外也。故谓之外也。"曰："异于白马之白也，无以异于白人之白也。不识长马之长也，无以异于长人之长与？且谓长者义乎？长之者义乎？"曰："吾弟则爱之，秦人之弟则不爱也。是以我为悦者也，故谓之内。长楚人之长，亦长吾之长。是以长为悦者也，故谓之外也。"曰："耆秦人之炙，无以异于耆吾炙。

夫物则亦有然者也,然则耆炙亦有外与?"(《告子上》)

又曰:

告子曰:"性,犹杞柳也;义,犹桮桊也。以人性为仁义,犹以杞柳为桮桊。"孟子曰:"子能顺杞柳之性,而以为桮桊乎?将戕贼杞柳,而后以为桮桊也?如将戕贼杞柳而以为桮桊,则亦将戕贼人以为仁义与?率天下之人而祸仁义者,必子之言夫!"(《告子上》)

一曰戕贼,一曰顺,此则二氏之大别也。抑人性之善,无论贤愚,皆无差别。

口之于味也,有同耆焉。耳之于声也,有同听焉。目之于色也,有同美焉。至于心,独无所同然乎?心之所同然者,何也?谓理也,义也。(《告子上》)

贤愚之别,即在贤者能保此而勿丧,能推其所为;愚者则不能尽性,甚或丧其所性。孟子谓:"尧舜性之也。"人诚能尽性,则人皆可以为尧舜,所谓圣人与我同类者,此则孟子之平等主义,又以性善为之基矣。

告子言食色性也,孟子毫不与辩,且于他处自谓:"形色天性也。"又曰："天下之士悦之，人之所欲也。好色，人之所欲。富，人之所欲。贵，人之所欲。""欲贵者，人之同心也。"明乎仁义礼智之性之外，别有食色欲为性矣。然孟子虽明知食色欲之为性，亦不谓性而谓命。即仁义礼智之为命者，亦不谓命而谓性。其言曰：

> 口之于味也，目之于色也，耳之于声也，鼻之于臭也，四肢之于安佚也，性也，有命焉，君子不谓性也。仁之于父子也，义之于君臣也，礼之于宾主也，智之于贤者也，圣人之于天道也，命也，有性焉，君子不谓命也。(《尽心下》)

口、目、耳、鼻、四肢之于味、色、声、臭、安佚，性也。然孟子不曰之性者，恐人之借口于性，因以放纵而无忌惮也。知性中之有命，则人自然安身立命，而一切嗜欲，莫非天机，毫无染着所在矣。此则孟子所以言性善之微意。夷考其实，则孟子固明言性可以为善，亦可以为恶也。

第三节　兵家

吾国古代圣贤，素爱和平，志在仁民，故有非战之议、废兵之举，古书胪列，在在可考。如帝尧之协和万邦；武王之偃武修文；孔子之去兵；墨子之非攻；孟子之威天下不以兵革之利；《左传》之在德不在险；与夫历代诗人描写从军之苦况；并古今一般人士之言论，以为汤武之征诛，远不如唐虞之揖让，又羞五霸七雄之事业，鄙薄秦皇汉武之黩武穷兵。此为吾国古来之贤儒反对用兵之观念，亦为早倡废兵运动之先声也。

然古代诸圣贤中反对兵家者，以孟子为尤激烈。曰："善战者服上刑。"曰："春秋无义战。"关于此类之文句，在《孟子》书中屡见不一见。兹再引其非战之理论：

鲁欲使慎子为将军。孟子曰："不教民而用之，谓之殃民。殃民者，不容于尧舜之世。一战胜齐，遂有南阳，然且不可。"慎子勃然不悦，曰："此则滑厘所不识也。"曰："吾明告子。天子之地方千里，不千里，不足以待诸侯。诸侯之地方百里，不百里，不足以守宗庙之典籍。周公之封于鲁，为方百里也。地非不足，而俭于百里。太公之封于齐也，亦为方百里也。地非不足也，而俭于百里。今鲁方百里者五。子以为有王者作，则鲁在所损乎？在所益乎？徒取诸彼以与此，然且仁者不为，况于杀人以求之乎？君子之事君也，务引其君以当道，志于仁而已。"（《告子下》）

古今以来之战争，其目的不外争权夺利，无他意义。"徒取诸彼以与此，然且仁者不为，况于杀人以求之乎？"此可为军阀家之当头棒也。

孟子又曰：

有人曰："我善为陈，我善为战。"大罪也。国君好仁，天下无敌焉。南面而征，北狄怨，东面而征，西夷怨。曰："奚为后我？"武王之伐殷也，革车三百两，虎贲三千人。王曰："无畏！宁尔也，非敌百姓也。"若崩厥角稽首。征之为言正也。各欲正己也。焉用战？（《尽心下》）

又曰：

求也为季氏宰，无能改于其德，而赋粟倍他日。孔子曰："求，非我徒也。小子鸣鼓而攻之，可也。"由此观之，君不行仁政而富之，皆弃于孔子者也。况于为之强战！争地以战，杀人盈野；争城以战，杀人盈城。此所谓率土地而食人肉，罪不容于死。故善战者，服上刑。连诸侯者，次之。辟草莱、任土地者，次之。（《离娄上》）

孟子之禁攻寝兵，发挥淋漓尽致。惜乎孟学，两千余年以来，未尝一行于天下，吾人处此时代，应发皇而光大之。今日世界已成战争之场，使彼战争之邦，得开孟子非战之说，以戢其相攻之野心，而使其有仁爱之同情，则不难一举战争之场，而变为和平世界。是以孟学，有功于人类者多矣。

第四节　纵横家

纵横家本出于鬼谷子。其学问，亦是道术阴阳消息之理，揣摩人事变化的定则，而为其捭阖之作用。所以纵横家之原理，实承黄老太公之术，与南方思想之根据颇属相同。鬼谷子战国时隐于颍川阳城，其徒苏秦张仪，借师说而取富贵，时主合纵或主连横，以致战无虚日。孟子最痛诋之。曰：

善战者，服上刑。连诸侯者，次之。（《离娄上》）

且认其所行，为非大丈夫之举。如曰：

景春曰："公孙衍、张仪，岂不诚大丈夫哉？一怒而诸侯惧，安居而天下熄。"孟子曰："是焉得为大丈夫乎？子未学礼乎？丈夫之冠也，父命之。女子之嫁也，母命之，往送之门，戒之曰：'往之女家，必敬必戒，无违夫子。'以顺为正者，妾妇之道也。居天下之广居，立天下之正位，行天下之大道。得志，与民由之。不得志，独行其道。富贵不能淫，贫贱不能移，威武不能屈。此之谓大丈夫。"（《滕文公下》）

纵横家，亦有长处，是在明于利害，议论易于动人，几于使人不能不信服之。在当时苏张所至之处，莫不言听计从，毫无韩非《说难》那种道理，诚为应用上最有实效者耳。但彼辈只图苟且成就一时间之势力，并无明了的与永久的政治上的主张，此其短处。至纵横家之个人人格，亦只知势位富厚，尤为人所不齿。

第五节　农家

许行系战国时为神农家言者，彼虽以农事自己标榜，然仍由道家思想蜕化而来。其学说《孟子》有所记载。录之如下：

> 有为神农之言者许行，自楚之滕，踵门而告文公曰："远方之人，闻君行仁政，愿受一廛而为氓。"文公与之处。其徒数十人，皆衣褐，捆屦、织席以为食。陈良之徒陈相，与其弟辛，负耒耜而自宋之滕。曰："闻君行圣人之政，是亦圣人也，愿为圣人氓。"陈相见许行而大悦，尽弃其学而学焉。陈相见孟子，道许行之言曰："滕君，则诚贤君也。虽然，未闻道也。贤者与民并耕而食，饔飧而治。今也，滕有仓廪府库，则是厉民而以自养也，恶得贤？"孟子曰："许子必种粟而后食乎？"曰："然。""许子必织布而后衣乎？"曰："否。许子衣褐。""许子冠乎？"曰："冠。"曰："奚冠？"曰："冠素。"曰："自织之与？"曰："否。以粟易之。"曰："许子奚为不自织？"曰："害于耕。"曰："许子以釜甑爨，以

铁耕乎？"曰："然。""自为之与？"曰："否。以粟易之。""以粟易械器者，不为厉陶冶，陶冶亦以其械器易粟者，岂为厉农夫哉？且许子何不为陶冶，舍皆取诸其宫中而用之？何为纷纷然，与百工交易？何许子之不惮烦？"曰："百工之事，固不可耕且为也。""然则治天下，独可耕且为与？有大人之事，有小民之事。且一人之身，而百工之所为备。如必自为而后用之，而率天下而路也。故曰：或劳心，或劳力。劳心者治人，劳力者治于人。治于人者食人，治人者食于人，天下之通义也。……""从许子之道，则市贾不贰，国中无伪。虽使五尺之童适市，莫之或欺。布帛长短同，则贾相若。麻缕丝絮轻重同，则贾相若。五谷多寡同，则贾相若。屦大小同，则贾相若。"曰："夫物之不齐，物之情也。或相倍蓰，或相什百，或相千万。子比而同之，是乱天下也。巨屦小屦同贾，人岂为之哉？从许子之道，相率而为伪者也，恶能治国家？"（《滕文公上》）

许行系社会革命家、无政府主义者。彼恶滕君与民并耕而食，其所云有仓廪府库，即系万民自养，是种主张，即要废除当时政府之形式。在许行之理想社会，当然无有钱币一物，只用物品类似之数量，假定价格，以为折中之交换，而供大家之需要。惜其并耕之方法，与交换之标准，未曾详言。吾人未能窥其学说之全体。庄子之无政府主义，只是浑浑沌沌、梦想太古无为之状态。许行之道，更进一步，定一种可以着手实行之办法。此许行之思想，较诸他家自胜一筹矣。

孟子只泥于周孔派旧学说，不甚了解许行之意，漫然驳斥耳。

第六节　陈仲子

战国时之无政府主义者许行而外，尚有陈仲子其人。仲子为齐国之同族，居于於陵，人称之为於陵子。其生平事迹，已不可考。至其学说则于《高士传》《孟子》《战国策》诸书中，能得一二。又其所著之《於陵子》一书，完全发挥其无政府思想，所论颇精刻独到。兹引《孟子》之言：

> 匡章曰："陈仲子岂不诚廉士哉？居於陵，三日不食，耳无闻，目无见也。井上有李，螬食实者过半矣。匍匐往，将食之，三咽，然后耳有闻，目有见。"孟子曰："于齐国之士，吾必以仲子为巨擘焉。虽然，仲子恶能廉？充仲子之操，则蚓而后可者也。夫蚓，上食槁壤，下饮黄泉。仲子所居之室，伯夷之所筑与？抑亦盗跖之所筑与？所食之粟，伯夷之所树与？抑亦盗跖之所树与？是未可知也。"曰："是何伤哉？彼身织屦，妻辟纑，以易之也。"曰："仲子，齐之世家也。兄戴，盖禄万钟。以兄之禄，为不义之禄，而不食

也。以兄之室,为不义之室,而不居也。辟兄离母,处于於陵。他日归,则有馈其兄生鹅者,已频顣曰:'恶用是鶂鶂者为哉?'他日,其母杀是鹅也,与之食之。其兄自外至,曰:'是鶂鶂之肉也。'出而哇之。以母则不食,以妻则食之。以兄之室则弗居,以於陵则居之。是尚为能充其类也乎?若仲子者,蚓而后充其操者也。"(《滕公文下》)

又曰:

仲子不义与之齐国而弗受,人皆信之,是舍箪食豆羹之义也。人莫大焉,亡亲戚、君臣、上下。以其小者,信其大者,奚可哉?(《尽心上》)

上述陈仲子身织屦,妻辟纑,易以为食,以兄之禄为不义之禄而不食,以兄之室为不义之室而不居,避兄离母,处于於陵。可见陈仲子之人格何等高洁,不合污流。而孟子反责其为不义,毋乃太过乎?

《战国策》亦述其上不臣于王,下不治其家,中不索交诸侯。不臣王,不交诸侯,不义之禄不食,不义之室不居,齐楚屡征以相而不就,此为其反对阶级制度也。避兄离母,下不治其家,此为其破毁家族制度也。织屦灌园,是彼实行劳工主义,织屦易以为食,为彼反对经济制度,此为陈仲子学说之大要也。

附录一

孟子年表(从狄子奇《孟子编年》)

纪 年			纪 事	
西 历	周 王	孟 子	列 国	孟 子
前三七二	烈王四	一		四月二日生。
前三五九	显王一〇	一四	秦以卫鞅为左庶长,定变法之令。	
前三五八	显王一一	一五		学于鲁。
前三五四	显王一五	一九	秦取魏少梁。魏伐赵,围邯郸。	
前三五三	显王一六	二〇	齐用孙膑策,伐魏救赵,败魏桂陵。	
前三五一	显王一八	二二	郑以申不害为相。	
前三五〇	显王一九	二三	秦徙都咸阳,初废井田。	
前三四一	显王二八	三二	魏复伐邯郸。齐救邯郸,伐魏。败魏于马陵,杀其将庞涓,虏太子申。	
前三四〇	显王二九	三三	秦封卫鞅为商君。魏徙都大梁。	
前三三八	显王三一	三五	秦人诛卫鞅,灭其家。	

续表

纪年			纪事	
西历	周王	孟子	列国	孟子
前三三三	显王三六	四〇	秦以公孙衍为大良造。六国合纵以摈秦,以苏秦为纵约长。	
前三三二	显王三七	四一	秦公孙衍以齐梁之师伐赵。苏秦去赵,适燕,纵约皆解。	始客邹。
前三三一	显王三八	四二		居于平陆。
前三三〇	显王三九	四三		由邹之任,见季子。
前三二九	显王四〇	四四		由平陆之齐。
前三二八	显王四一	四五		为宾师于齐。
前三二七	显王四二	四六	张仪相秦。	在齐。
前三二六	显王四三	四七		去齐之宋。滕文公之楚,过宋,见孟子。
前三二五	显王四四	四八	齐宣王置稷下馆,招贤者。驺衍、淳于髡、田骈、接子、慎到、环渊之徒,皆赐列第,为上大夫。	由宋反邹。
前三二四	显王四五	四九		自邹之滕。陈相见孟子,道许行之言。
前三二三	显王四六	五〇	齐筑薛。	在滕。
前三二二	显王四七	五一	张仪相梁。	去滕,反邹。
前三二一	显王四八	五二		居邹。
前三二〇	慎靓王元	五三		适梁。
前三一九	慎靓王二	五四	梁惠王卒。	去梁适齐。
前三一八	慎靓王三	五五	滕文公卒(?)。六国伐秦,攻函谷关。齐大夫杀苏秦。	为卿于齐,出吊于滕,盖大夫王骥辅行。

续表

纪年			纪事	
西历	周王	孟子	列国	孟子
前三一七	慎靓王四	五六	张仪复归相秦。	自齐葬于鲁。
前三一六	慎靓王五	五七	燕王哙以国让其相子之。	居鲁。
前三一五	慎靓王六	五八		自鲁反齐。
前三一四	赧王元	五九	齐伐燕取之。醢子之,杀故燕君哙。燕人畔。	去齐之宋。
前三一三	赧王二	六〇	楚屈匄伐秦。	遇宋轻于石丘。
前三一二	赧王三	六一	鲁使乐正克为政。	自宋如薛。
前三一一	赧王四	六二	秦使张仪说六国,连横以事秦。封仪为武信君。	自薛之鲁,不遇,旋反邹,自是辙迹终焉。
前三〇九	赧王六	六四	张仪死于魏。	
前二九二	赧王二三	八一	秦大良造白起攻魏,取垣。攻郑取宛。	
前二八九	赧王二六	八四	秦大良造白起伐魏,取六十一城。秦自称西帝。	正月十五日卒。

附录二

用书举要

解释义理

汉赵岐《注》十四卷　江西本。商务印书馆《四部丛刊》本。

宋孙奭《音义》二卷　通志堂本，抱经堂校本，士礼居刊蜀大字本。

宋孙奭《疏》十四卷　朱熹云："邵武士人假托，蔡季通识其人。"

宋朱熹《孟子集注》　清内府仿宋本。吴志忠仿宋本，附《考证》。明刊仿宋大字本。

清焦循《孟子正义》《经解》本。

尹焞《孟子解》

黄宗羲《孟子师说》

张栻《孟子解》

后汉赵岐《章指》二卷《篇叙》一卷　玉函山房本。

后汉程曾《章句》一卷　玉函山房本。

后汉高诱《章句》一卷　玉函本。

后汉刘熙《注》一卷　玉函本。

后汉郑元《注》一卷　玉函本。

綦母邃《注》一卷　《拜经楼丛书》本。

唐陆善经《注》一卷　玉函本,

唐张镒《音义》一卷　玉函本。

唐丁公著《手音》一卷　玉函本。

宋熙时子《注》　海函本。

宋刘攽《注》《艺海珠尘》本。

《群经平义》卷三十二清俞樾著　《春在堂丛书》本。

陈士元《孟子杂记》《湖海楼丛书》本。

校勘考异

清阮元《孟子校勘记》《经解》本。

清俞樾《古书疑义举例》《春在堂丛书》本。单行本。

蒋仁荣《孟子音异考证》

翟灏《孟子考异》《经解》本。

问题讨论

清陈澧《东塾读书记》卷三

清戴震《孟子字义疏证》《戴氏遗书》本。

《中国哲学史大纲》卷上胡适著　商务印书馆本。

《先秦政治思想史》梁启超著　商务本。

研究《孟子》时参看上两书，可以助兴味。

《孟子政治哲学》陈顾远著　泰东图书局本。

事迹考证

清阎若璩《孟子生卒年月考》《经解》本。

狄子奇《孟子编年》

曹之升《孟子年谱》

黄本骥《孟子年谱》

汪椿《孟子编年》

任启运《孟子考异》

周广业《孟子四考》

任兆麟《孟子时事略》

崔述《孟子事实录》《崔东璧遗书》本。陈履和刻本。

魏源《孟子编年》

林春溥《孟子时事年表》

文法研究

清赵大浣《增补苏批孟子》 通行本。

高步瀛《孟子文法》 直隶书局本。

选择精要

宋朱熹《孟子要略》五卷 汉阳刘氏刻本。传忠书局本。

缪天绶选注《孟子》 商务本。

民国十五年十一月二十一日擎霄脱稿于广州十峰轩

图书在版编目（CIP）数据

孟子学案 / 郎擎霄著 . —济南：山东文艺出版社，2018.7
（齐鲁文化研究文库）
ISBN 978-7-5329-5650-0

Ⅰ.①孟… Ⅱ.①郎… Ⅲ.①孟轲（约前 372 —前 289）—人物研究②《孟子》—研究 Ⅳ.① B222.55

中国版本图书馆 CIP 数据核字（2018）第 098297 号

责任编辑：冯　晖
装帧设计：刘小军

孟子学案
郎擎霄　著

主管单位	山东出版传媒股份有限公司
出版发行	山东文艺出版社
社　　址	山东省济南市英雄山路 189 号
邮　　编	250002
网　　址	www.sdwypress.com
读者服务	0531-82098776（总编室）
	0531-82098775（市场营销部）
电子邮箱	sdwy@sdpress.com.cn
印　　刷	山东临沂新华印刷物流集团有限责任公司
开　　本	890 毫米 ×1240 毫米 1/32
印　　张	6.75
字　　数	162 千
版　　次	2018 年 7 月第 1 版
印　　次	2018 年 7 月第 1 次印刷
书　　号	ISBN 978-7-5329-5650-0
定　　价	48.00 元

版权专有，侵权必究。如有图书质量问题，请与出版社联系调换。